lol
SELFIE
IDEA
TWEET
follow
Wi-Fi
LIKE
Wi-Fi
Wi-Fi
SELFIE
follow
?!!
MEDIA
+1
lol
Wi-Fi
SMS

LA GUERRA DEI LIKE

Materiali didattici per gli insegnanti su www.leggendoleggendo.it

Leggendo Leggendo

Editing: Clare Stringer
Impaginazione e redazione: Studio Noesis

www.battelloavapore.it

Pubblicato in accordo con Grandi & Associati, Milano

Pubblicato per PIEMME da Mondadori Libri S.p.A.
I Edizione 2018

ISBN 978-88-566-6416-4

Anno 2018-2019-2020 Edizione 1 2 3 4 5 6 7 8 9 10

Stampato presso ELCOGRAF S.p.A. - Stabilimento di Cles (TN)

Alessia Cruciani

La guerra dei like

Illustrazioni di
Giulia Sagramola

IL BATTELLO A VAPORE

PIEMME

A Sofia e Simone,
i miei cyberbelli

Il mondo è un posto pericoloso
non a causa di quelli che compiono azioni malvagie,
ma di quelli che osservano senza dire nulla.

ALBERT EINSTEIN

← **ImBOOKatevi**
Io, Andrea, Emi, Sofia, Mario, Francesca, Amanda ⋮

Io: Ciao ragazzi, ho una bella storia da raccontarvi. 17.28 ✓✓
Ma per conoscerla dovrete fare uno sforzo sovrumano. 17.28 ✓✓

Sofia: Che sforzo? 17.29

Mario: Non chiedetemi di faticare. 17.29
Ho ripreso basket e mi fanno male tutti i muscoli. 17.29

Io: Non parlavo di quel tipo di sforzo... 17.30 ✓✓

Sofia: Che sforzo??? 17.32

Andrea: Sputa il rospo! 17.32

Emi: Sento aria di fregatura. 17.33

Amanda: Anche io. 17.33

Io: Dovrete leggere un libro. 17.34 ✓✓

sta scrivendo...

Emi: Ecco, lo sapevo. 17.34

Sofia: Allora, ci dici o no che sforzo dobbiamo fare??? 17.35

Francesca: Sveglia Sofiaaa! 17.36
Ci sta prendendo in giro. 17.36

Andrea: Una battutona proprio!
Raga mi sto sentendo male dal ridere. 17.37

Io: Sapete com'è, l'idea di leggere un libro per voi è esaltante come se vi dicessero che le vacanze estive diventano di un mese invece che di tre! 17.38 ✓✓

sta scrivendo...

Sofia: Davvero??? 17.38
Ma da quando?? 17.38
Non ne sapevo niente. 17.38

Andrea: Ma che hai mangiato oggi Sofi? 17.39

Io: È sempre così? 17.39 ✓✓

Mario: Più o meno.
Io comunque non mi sento più le braccia, non riesco a tenere in mano neanche un libro. 17.39

Io: Visto? Si comincia con le scuse...17.40 ✓✓

Francesca: Già, però il cellulare lo tieni in mano. Non ti pesa? 17.41

Andrea: Che libro è? 17.42

Mario: È un fantasy? 17.42

Sofia: Non è che fa piangere? 17.42

Emi: È palloso?
Perché se lo è non se ne parla.
Quale prof lo ha scelto?
È obbligatorio? 17.43

Amanda: Quante pagine sono? 17.43

Francesca: È una storia vera?
Finisce bene o male? 17.44

Io: Calma, calma.
Se volete conoscere questa storia, prima
dovete rispondere a una domanda. 17.45 ✓✓

sta scrivendo...

Andrea: Sputa il rospo. 17.45

Io: Un social network può uccidere? 17.46 ✓✓

Francesca ...

Andrea: ...

Sofia: ...

Mario: ...

Amanda: ...

Emi: ...

Io: Un social network può uccidere? 17.47 ✓✓

Ruggero Rettagono

– La cultura vi insegue, ragazzi. Ma non ho mai visto nessuno più veloce di voi a scappare – ridacchia il prof cominciando a distribuire i vostri temi.

Lo Sceriffo è un professore simpatico e amato da tutti. La passione con cui insegna è contagiosa e l'affetto che prova per i suoi studenti lo porta a dedicarsi a voi ben oltre l'orario di lavoro. E voi ricambiate regalandogli abbondanti dosi di buonumore ogni volta che corregge i vostri temi. Perché lui ammira sinceramente certi strafalcioni, geniali per fantasia e originalità.

Tranquillo Ruggero, non sei stato tu a ispirargli quella battuta: il tuo tema è stato tra i migliori. Come al solito. Sembri sempre il più insicuro, così magrolino, molto più basso dei tuoi compagni e di quasi tutte le tue compagne. Invece questa volta hai trascinato al successo anche il ragazzo più ammirato della scuola...

L'esperimento ha funzionato e Justin Bomber, per la prima volta, sta vedendo brillare un bel 7 sul suo foglio protocollo. Se diventa anche bravo a scuola, chissà quanti like in più collezionerà il Cristiano Ronaldo della 3ªB, implacabile bomber sotto rete ma attraente e biondissimo come Justin Bieber.

– Il nostro schema ha funzionato: io ti ho fatto un buon assist e tu hai sparato in porta quel pallone gonfiato di un Manzoni – ti complimenti con lui, Ruggero.

– Grande Rug! Avrei voglia di togliermi la maglia come dopo un gol.

Meglio non provarci, Justin. Il prof di italiano sta tirando fuori i cartellini gialli. E anche un rosso diretto. È per te, GTA. Avanti, fai posto allo Sceriffo, che si sta sedendo proprio sul tuo banco.

– Dunque ragazzi, – attacca il prof grattandosi la testa, su cui sono rimasti pochissimi capelli – nonostante sia molto impegnato con i furti d'auto, dovete sapere che il vostro compagno è riuscito a cambiare il volto della letteratura. Nel suo tema, Romeo e Lucia non riescono a sposarsi e alla fine lui si uccide per lei!

Il colore del tuo viso, GTA, è lo stesso dell'ultima Ferrari che hai rubato con la Play: rosso metallizzato. Hai sbagliato a cercare su Google le informazioni sui grandi amori della letteratura. Ma come facevi a spegnere la PS4 quando eri così vicino a completare l'ennesima missione di *GTA*? *Grand Theft Auto*, ormai lo sanno anche i tuoi insegnanti, è il videogioco in cui sei il campione dei delinquenti virtuali. E ora non sei paonazzo per l'enormità dell'errore (che ancora non ti è chiaro) ma perché tutti stanno ridendo di te, il gigante della classe. A soli tredici anni sei alto già un metro e ottantacinque, con due spalle larghe così, una marea di ricci neri sulla fronte, inutili catenelle attaccate ai passanti dei jeans strappati e l'elastico delle mutande sempre in bella vista.

Apprezza almeno il fatto che lo Sceriffo la stia prendendo con ironia. Infatti, continua: – Sono curioso di conoscere un dettaglio non irrilevante che hai dimenticato di scrivere nel tema: come fa Lucia a salvarsi dall'ira di Giulietta? Una donna non reagisce bene se le soffiano il fidanzato. Eppure le due non si sono mai incontrate, nonostante la vicenda che racconti tu si svolga sul lago di Garda, a due passi da Verona. Il Manzoni, più provinciale, si era fermato su un ramo del lago di Como.

È inevitabile, GTA: non puoi lamentarti se la curva dei compagni che normalmente tifa per te stavolta ride di gusto e sta dalla parte di Manzoni. Che poi sarebbe stato interista o milanista? Di solito gli intellettuali milanesi sono nerazzurri. Ecco perché non c'è feeling tra voi. Tuttavia la notizia di oggi, GTA, non è il tuo ennesimo 4 in italiano, ma il 7 di Justin Bomber. Che ha un'origine ben precisa: è stata Cristiana Saitta a consigliare al bello della scuola di studiare insieme a Ruggero Rettagono. È chiaro, a questo punto, che la ballerina della 3ªC merita un degno ringraziamento.

I due intervalli giornalieri vi sembrano sempre troppo brevi. Soprattutto a te, Bomber. Hai impiegato otto minuti per preparare il tuo piano e ora te ne restano appena due per metterlo in pratica. Dai, sbrigati! E non farti illusioni: dovrai portare a termine la missione davanti ai suoi compagni. Stai tranquillo, pensa che quando batti i rigori ti guarda molta più gente. Coraggio, eccola lì che ripassa scienze mentre stende a punta il piede destro e traccia degli strani cerchiolini sul pavimento.

– Cristiana...

– Ciao! Visto che avevo ragione? Con Ruggero si va sempre sul sicuro!

– Sai già tutto?

– Sì, anche del tema su Romeo e Lucia! Rug mi ha mandato un messaggio. Era più contento per il tuo 7 che per il suo 8 e mezzo. È dalla prima media che rimpiango di non essere più in classe con quell'angelo nero.

– A proposito, perché si veste sempre tutto di nero?

– Fa così dalla terza elementare. Lo ricordo bene perché eravamo compagni di banco. Una volta mi spiegò che voleva sembrare più magro.

– Ma se peserà trenta chili!

– Infatti, lo diceva per prendere in giro me e le altre compagne di danza per le nostre fissazioni sul peso.

– Ti confesso una cosa: non l'avrei detto vedendolo sempre così mingherlino e impacciato, ma studiare con lui è stato molto divertente.

– A modo suo, Rug è strafigo. Quando la mattina prendiamo l'autobus insieme, mi fa sempre ridere con qualche storiella.

Ma che fai, Bomber? Parli di Ruggero invece di attuare il piano? Sta per suonare la camp...

DRIIINNN!

Ecco, ora devi tornare nella tua classe, e per di più le compagne di Cristiana si stanno avvicinando. Tira questo rigore, avanti!

– Sabato pomeriggio pensavo di andare al cinema con Ruggero. Hai voglia di venire con noi? Il biglietto lo offro io: sette euro come il miracolo manzoniano.

– Credo che ormai costi nove, come la media di Rug – risponde la ballerina sorridendo.

– Ah... Be'... posso comunque...

– Ma dai, scherzavo! Vengo volentieri. Posso portare un'amica? Le avevo promesso che saremmo uscite insieme e mi spiacerebbe deluderla.

– Certo e gra… grazie! – balbetti, incantato da quegli occhi verdi incorniciati da un caschetto nero.

Fiuuu, che fatica! Almeno hai segnato un altro gol. Torna in aula, sbrigati. Anzi, scappa! Non ti sei reso conto di nulla, ma l'invasione di campo nella classe di Cristiana ha agitato le tue agguerrite ultras della 3ªC.

C'è una parte di mondo in cui bisogna rispettare regole speciali. O meglio… *spettrali*. Le ha stabilite la Divina Faina, che si è autoproclamata regina della 3ªC. E le sue dame di compagnia, le Adulatrici Cospiratrici, obbediscono come magrissime formichine dai lunghi capelli. Finora la bella Faina si è limitata a imporre dove fare shopping, che cosa mangiare per non ingrassare, quale musica ascoltare, chi frequentare e, soprattutto, ha vietato di scegliere i vestiti per andare a scuola senza averla consultata. Il motivo? Nessuna può apparire più elegante di lei.

Le compagne che hanno accettato di seguire queste norme sognano di poter diventare un giorno popolari come lei, che fa il pieno di cuori ogni volta che posta qualcosa su Instagram. Tutte hanno sempre sospettato che infrangere le leggi della Divina potrebbe costare caro. Ma finora non le sono ancora state offerte occasioni per infierire come una vera faina su una preda disobbediente. Finora...

Ti sei accorta, Cristiana, che dalla fine della ricreazione la Divina non ti ha più tolto gli occhi di dosso? Nelle ore di lezione successive ha tenuto il cellulare acceso sotto il banco e ha chiesto a tutte le Adulatrici se avesse sentito bene. Non si capacita del fatto che il ragazzo dei suoi sogni abbia invitato al cinema proprio te, un'insignificante ballerina che sogna di interpretare principesse in tutù alla Scala, ma che sui social pubblica solo foto di torte supercaloriche.

Ma quale principessa?! sta chattando. *Senza nemmeno un vestito firmato! E tra qualche anno, se si mangia così tanti dolci, sfonderà sui palcoscenici di tutto il mondo, ma per il peso!*

Lei, che usa una borsa di *Louis Vuitton* come cartella, ha giurato a se stessa che non supererà mai la taglia 38, proprio come sua madre. Ma, soprattutto, si era ripromessa che dopo Natale si sarebbe messa insieme a Justin Bomber!

La Faina non perderà il controllo sul suo piccolo regno senza combattere. E le regole della lotta non le deciderà certo insieme a te, Cristiana.

Cristiana Saitta

È stato un pomeriggio emozionante e divertente come non ne vivevi da tempo, vero, Cristiana? L'Amica Allergica, però, ha la capacità di combinare sempre qualche guaio. E, puntualmente, ci è riuscita anche questa mattina.

Arrivata a scuola, ha subito spifferato alla Divina Faina che ieri è stata a casa tua fino all'ora di cena per aiutarti a scegliere gli abiti da indossare sabato, quando uscirete con Ruggero e con il bellissimo Justin Bomber. Proprio non ce la fa: appena vede avvicinarsi la vostra compagna firmata dalla testa ai piedi, diventa tutta rossa, comincia a starnutire (ne fa come minimo quattro di fila) e le viene il mal di pancia per l'ansia. Che poi, in realtà, a lei viene l'ansia per qualsiasi cosa. Anche quando le spunta un brufolo sul viso paffuto e lentigginoso.

«Terribilissimo! Non ce la farò mai» è l'espressione che ripete più volte prima di sparare la sua raffica di starnuti e farsi venire una colite da panico.

Ma tu lo sai, Cristiana, e la tua amica ti sta simpatica anche per questo.

Nel raccontare alle Adulatrici come si sia stressata per trovare l'*outfit* giusto (con la Divina bisogna usare solo l'espressione inglese) l'Amica Allergica ha fatto salire al livello massimo il rosicometro dell'invidiosa compagna. Che prova subito a far saltare l'appuntamento di sabato tra Cristiana e il Bomber.

Di solito le bastano le armi ricevute in dono dalla natura: i suoi occhioni azzurri da cerbiatta impaurita e i morbidi riccioli biondi. La Faina, infatti, sa di avere un aspetto troppo angelico per destare sospetti. Invece di lei bisogna avere paura.

– Ciao Saitta, pare che domani qualcuno abbia l'appuntamento dell'anno! – ti dice in tono complice.

– Esagerata!

– Esagerata?! Non direi proprio, visto che vorrebbero essere al tuo posto tutte le ragazze della scuola media Giacomo Matteotti di Milano. Invece, chissà come, la prescelta sei tu.

– Che onore, sono la "prescelta"! – ridi.

Ma la Faina non ride affatto. Smette all'istante di parlarti e si dirige verso il suo banco, seguita come un'ombra dalla Wrestler, la più rissosa tra le Adulatrici Cospiratrici, cintura nera di qualche strana arte marziale e sempre con una bandana in testa. Una bandana di *Gucci*, sia chiaro.

Le due ragazze si scambiano uno sguardo d'intesa e la Wrestler mostra alla Divina il pollice puntato verso l'alto. Perché lo ha fatto? Te ne sei accorta, Cristiana?

Macché. Dai proprio l'impressione di non aver visto nulla. Anzi, resti al tuo posto e pensi alla diagonale di piroette che dovrai eseguire all'esame di ammissione per la Scuola di Ballo dell'Accademia Teatro alla Scala. Il sogno della tua vita.

Hai tempo per farlo grazie al ritardo cronico della Svampita, la tua prof. Lei è tutto il contrario dello Sceriffo, anche se entrambi insegnano italiano: quella massa di capelli rossi deve pesarle troppo sulla testa, perché si sente sempre stanca. Di conseguenza non riesce a preparare bene le lezioni, sbadiglia durante le interrogazioni, impiega una vita a correggere le verifiche e non si accorge mai di quello che accade durante la sua sofferta permanenza in classe.

Mentre pensavi al tuo futuro sulle punte, Cristiana, non ti sei accorta del gesto di esultanza della Wrestler.

L'Amica Allergica invece ha visto tutto. Ed è subito andata nel panico: non vuole certo mettersi contro la Divina Faina, la più popolare della scuola, che su Instagram ha addirittura più follower di Justin Bomber... Ecco perché è terrorizzata all'idea di avere grane con lei o con le sue seguaci. Eppure ha capito che tu, Cristiana, devi aver fatto qualcosa per infastidirle. Anzi, diciamo che, dal gran traffico di cellulari sotto i banchi, tutta la classe ha intuito che le Cospiratrici stanno tramando qualcosa.

Finalmente te ne accorgi anche tu e guardi incuriosita l'Amica Allergica, seduta accanto a te. Intanto, però, stai ripassando a mente il *manège* finale della tua variazione del *Don Chisciotte*, e sei lontana anni luce dall'immaginarti al centro dei pensieri di quelle ragazze così diverse da te.

Il risultato di quel misterioso lavoro con i telefonini viene mostrato a Justin Bomber durante il secondo intervallo.

Però dovresti stare più attenta, Divina Faina: un piano architettato troppo in fretta rischia quasi sempre di essere fallimentare.

Ma figuriamoci se ascolti i consigli, accecata come sei dalla gelosia!

Infatti, raggiungi il calciatore dei tuoi sogni come una furia.

– Pare che qualcuno abbia scambiato un invito al cinema per una proposta di matrimonio. Vuoi sapere chi è? – domandi, facendogli oscillare il tuo telefonino davanti agli occhi.

– Solo se è carina come te.

– Come me è impossibile! Allora non ti faccio vedere il video! –. E fingi di andartene maliziosa.

– Fermati dai! Ormai sono curioso – ti blocca lui sfoderando un sorriso che trovi irresistibile.

Non restare lì incantata, bella Faina: è il momento di mostrare al Bomber il tuo squallido capolavoro cinematografico. E a lui bastano pochissimi secondi prima di regalarti un altro sorriso, ancora più compiaciuto del primo.

Non sembra anche a te che il tuo calciatore preferito sia tutt'altro che infastidito nel vedere su Musical.ly le piroette di Cristiana? Anzi, gradisce soprattutto che, al posto della solita base musicale, si senta la voce della ballerina ripetere in continuazione: «Che onore, sono la prescelta! Che onore, sono la prescelta! Che onore, sono la prescelta!».

– Che mito, raga! – esclama il Bomber. – Temevo che Cristiana avesse accettato l'invito al cinema solo per gentilezza. Invece è davvero contenta di uscire con me domani. Che settimana: un 7 in italiano e Saitta che mi dedica le sue piroette! Grazie, sei stata gentilissima.

– Pre... prego –. Alza la voce, Faina, perché il Bomber non ti ha sentito! E per fortuna non ha nemmeno notato che *outfit* ha indossato il tuo volto: l'espressione di chi scopre un mega chewing gum attaccato alla suola di una scarpa nuova.

Do un consiglio anche a voi, Cospiratrici: evitate per il momento commenti, le faine furiose sono pericolose. Trattenetevi, anche se state tutte bruciando di rabbia perché, a differenza vostra, Cristiana riesce ad avere successo con i ragazzi solo grazie a dolcezza e semplicità.

– *Invece dell'interrogazione sull'Unità d'Italia/ti conveniva prendere un volo Alitalia/e scappare lontano verso la Somalia./Invece sei rimasto e hai preso un altro 4/e con quest'ultimo fanno ottantaquattro./Tra un po' parlano di te anche su Retequattro.*

Nessuno riesce a spegnere Never Repper, l'autore di barre più brutte della storia. Lui vorrebbe essere come Ghali o come quei rapper diventati famosi per la *trap music*. Ma è talmente negato che se uno dei suoi idoli si rendesse conto di aver creato un simile mostro, si dedicherebbe istantaneamente al canto gregoriano.

Never Repper raccoglie da terra gli occhiali da vista. Ha scelto una montatura troppo grande per il suo piccolo viso: voleva sentirsi più figo, ma gli scivolano in continuazione mentre cammina molleggiando come i nuovi poeti della musica.

Tu però, GTA, ora hai problemi più importanti delle barre stonate di Never Repper. Se solo avessi saputo che eri rimasto l'unico da interrogare, ti saresti dato malato evitando il secondo 4 in due giorni.

Stavolta lo scomodo trofeo è arrivato da un'imbarazzante prestazione in storia. A rendere giustizia ai nostri avi è stata ancora una volta la mano dello Sceriffo, più avvilito di te nel constatare la tua allergia cronica ai libri.

– Quello che proprio non mi va giù è che per sottolineare i miei errori il prof chiamava sempre quello sfigato di Rettagono – dici a Never Repper. – Piccolo, nero e fastidioso come una mosca.

– *Rettagono corregge il tuo errore/e a Garibaldi restituisce l'onore/mentre tu gusti l'amaro sapore/di affrontare i parents in tono adulatore./Sempre che non...*

– Bastaaa!!! Non ti ci mettere anche tu – sbotti.

– Tanto non mi piacevano queste barre. Troppo deprimente cantare sempre i tuoi 4. Se alla prossima interrogazione prendi 3, sono certo che farò meglio.

– Stai zitto, altrimenti ti sbriciolo come un cracker.

– Non fa rima!

– Ma fa male – lo minacci nel tuo solito tono arrogante.

– *Ciao fratello, il messaggio è ricevuto./Vado a casa e... ti saluto!*

Stai calmo, GTA. È del tutto inutile sfogare la tua rabbia su quel piccoletto vestito di nero che ti sta camminando davanti. Troppo facile prendersela con uno che non ti arriva alle spalle. Ruggero, che sta cercando Cristiana per tornare a casa in autobus con lei, non si è nemmeno accorto che tu sei ancora davanti a scuola.

– Ehi Rettagono, che cosa fai ancora qui? Aspetti che qualcuno ti chieda un selfie? Eppure non vedo gente che sgomita per posare con il genio della scuola.

– Sei fortunato, così non devi fare la fila. Dai, vieni: usiamo il mio o il tuo cellulare?

Ruggero, lascia perdere. GTA non è il tipo che apprezza l'ironia.

– Mi stai forse prendendo in giro, Rettagono?

– Come potrei? Oggi ci hai regalato la rivelazione dell'anno: Garibaldi indossava la camicia rossa perché aveva combattuto in Cina, motivo per cui lo chiamano "l'Eroe dei due mondi". Nel suo viaggio in Oriente si era portato anche Renzo dei *Promessi Sposi*? Perché ci stiamo ancora chiedendo dove sia finito il poveretto, dopo aver scoperto che Lucia se la fa con Romeo.

– Ma chi ti credi di essere? Sai che ti dico: così magrolino e vestito sempre di nero sembri proprio un gufo malefico che trasmette la sua sfiga agli altri.

Ruggero, lascia stare. GTA non accetta di perdere e proprio ora lo stanno raggiungendo alcuni dei suoi amici, i Fulminati Spettinati. Davanti alla sua gang di sfaticati capelloni non può abbandonare il ruolo di leader duro e cattivo.

– Porto sfiga? Non lo sapevo – ironizzi tu. – Allora corro a farmi l'abbonamento al tuo Milan!

Eh sì, Ruggero, è proprio il tuo lo zaino che sta volando in mezzo alla strada. E quello che lo sta schiacciando è proprio un furgoncino.

– Adesso ascoltami bene, piccolo corvo diabolico...

– Ma non ero un gufo un attimo fa?

– Rettagono, stai il più lontano possibile da tutti noi o sotto al prossimo furgone ci finisci tu. Sono stato chiaro?

– ...

– Bene, iettatore. Vedo che hai capito. E ora vatti a fare un selfie con quel che è rimasto del tuo zaino.

– Che cosa ti è successo, Rettagono? Anzi, mi correggo: che cosa è successo al tuo zaino?

Meno male che sei arrivato soltanto adesso, Amico Esotico. Altrimenti sotto le ruote del furgone ci finiva sicuramente anche il tuo di zaino.

Il semplice fatto di avere la pelle ambrata e origini siriane ti ha fatto guadagnare tra i Fulminati Spettinati il soprannome di Terrorisis.

– Diciamo che questa cartella ha vissuto giorni migliori – ti risponde Ruggero un po' turbato.

– Cavoli, è proprio distrutta! In che condizioni sono i libri dentro?

– Hanno un brutto aspetto, ma sono ancora utilizzabili. Il diario e le penne, invece, meritano una degna sepoltura nella raccolta differenziata.

– Però non deludermi, Rettagono: devi ricomprarti il diario dell'Inter.

– Temo che dovrò usare una di quelle agende che hanno regalato a mio padre per Natale. Hai presente quelle delle banche? E forse ho anche il vecchio zaino di Dragon Ball da riesumare.

– Ma scherzi? In terza media con lo zainetto delle elementari? E poi ricordo bene com'era conciato: altro che riesumarlo, ormai avrà l'aspetto di uno zombie con la polmonite.

– Il punto è che i miei si sono separati da poco, lo sai, e non fanno altro che litigare perché con due case le spese sono raddoppiate. È già pesante così. Non vorrei fare aumentare la tensione solo per uno zaino nuovo.

– Capisco. Magari chiedo ai miei cugini se ne hanno uno che non usano. Sono tutti maggiorenni e dovrebbero aver superato la fase Dragon Ball.

– Però Goku non si sarebbe fatto schiacciare così facilmente.

– Goku sarebbe già a casa a mangiare, Ruggero! Che ci facciamo ancora davanti a scuola?

– Hai ragione. Prima che il mio zaino finisse sotto un furgone stavo cercando Cristiana. Evidentemente è andata via prima.

– Non so fare il *demi plié* e nemmeno il *grand jeté* come la tua amica ballerina, però se vuoi facciamo un pezzo di strada insieme.

– In compenso sai fare una rovesciata che quelle con i tutù si sognano...

No, Ruggero, Cristiana non è andata via: è ancora dentro la scuola. Ha saputo dall'Amica Allergica dello scherzetto su Musical.ly. E, dai suoi dodici starnuti di fila, ha intuito che non si è trattato solo di un gioco. Per questo ha preferito chiarire subito la questione.

Se lo sguardo di GTA mentre ti minacciava era poco rassicurante, Ruggero, quello della Divina Faina nel sentirsi rimproverare da Cristiana ti avrebbe fatto venire il mal di pancia.

La scena è questa: Cristiana chiede con fermezza, ma senza polemica, il motivo di quel video. E la Faina resta muta, fissandola con odio.

Cristiana insiste nel ribadire che non è stato corretto mostrare a Justin Bomber un filmato di cui lei non era a conoscenza. E la Faina sempre muta.

Tanto che la ballerina, avvilita dal silenzio della compagna, conclude: – Ti chiedo gentilmente di fare più attenzione la prossima volta. Per fortuna è andata bene, ma potevi farmi fare una brutta figura! –. Poi se ne va a passo spedito, preoccupata perché forse la stai ancora aspettando.

L'Amica Allergica, nervosa spettatrice del monologo di Cristiana, esclama subito: – Terribilissimo, non ce la posso fare: quanta tensione!

La Divina Faina, invece, chiama a raccolta le sue suddite su WhatsApp. Deve subito informarle della prossima mossa. Il gruppo creato per l'occasione si chiama *#Saittastaizitta*.

Che intenzioni hai? le scrive la Wrestler.

Eliminarla!

Justin Bomber

L'Amica Allergica ha gli occhi gonfi dal pianto.

– Cristianaaa, è terribilissimo! Non ce la posso fare!!! – singhiozza inconsolabile.

– A fare cosa? – chiedi tu, Cristiana. E la tua è una domanda legittima, in effetti.

– Le storie d'amore mi commuovono sempre! *Eeetcììì*! – replica la tua amica con uno starnuto convinto.

– Ma questo film racconta di un ragazzino che diventa invisibile! – esclama Justin Bomber sorpreso.

– La fai facile tu! – chiarisce Ruggero. – Se lei può trovare una ragione per farsi venire una crisi allergica, non se la lascia scappare.

– Però capita anche a me di commuovermi davanti a coppie di innamorati che lottano per stare insieme – ammette il Bomber, abbassando le difese e rivelando il suo lato romantico.

– Ma sentilo! Ti sarai commosso giusto davanti alla coppia Holly e Benji – scherza Ruggero.

– Oppure Homer e Marge Simpson! – aggiungi tu.

– Io vorrei essere Aria – sospira l'Amica Allergica, che non ha afferrato la vostra ironia.

– E io acqua, fuoco e terra – la sfotte Ruggero.

– Non avete capito, parlo di Aria di *Pretty Little Liars*. È sposata con quello strafigo di Ezra – afferma l'Amica Allergica, per poi chiedere a bruciapelo a Justin Bomber: – Tu di chi vorresti innamorarti?

– Cristiana, come hai detto che si chiama la tipa del balletto che interpreterai per l'esame alla Scala?

– Kitri, è la protagonista del *Don Chisciotte* – rispondi diventando rossa come il tutù spagnoleggiante che indosserai per eseguire la variazione del primo atto.

– Ha uno spasimante questa Kitri? – insiste il Bomber.

– Sì, si chiama Basilio – confermi, sempre più imbarazzata.

– Ecco, allora io vorrei essere Basilico! – risponde il Bomber all'Amica Allergica.

– "Basilio", non Basilico! – lo correggi ridendo.

– Io vorrei essere invisibile e basta – dice Ruggero. Mettendo fine così a quel pericoloso sentimentalismo che sta contagiando come un virus la combriccola di ritorno dal cinema.

Un attimo dopo, ognuno si sta incamminando verso la propria casa.

Ma tu, Bomber, sei troppo di buon umore per rientrare così presto. E così, sperando di incontrare qualcuno, cambi strada e passi davanti al *Kiosko*.

Che fortuna: seduti intorno a un tavolino, ognuno intento a fissare lo schermo del proprio telefonino, ci sono GTA e i gemelli della 3ªB, i supereroi delle abbuffate Flash Mordon e Iron Mac. Nel tavolo accanto stanno chattando la Principessa Lessa, ragazzina snob che vanta oscure parentele nobiliari da parte di madre, e l'ultrapettegola Bionda Nauseabonda.

Dal locale più frequentato dagli studenti della Matteotti se ne sono appena andate la Wrestler, l'Acidella e la Cicala, quindi hai evitato per un soffio l'incontro con le Adulatrici Cospiratrici al completo. In un certo senso, però, è come se fossero ancora lì.

Infatti, negli ultimi minuti ti sei evoluto come un Pokémon passando da Justin Bomber a Justin Lover, e stai descrivendo a GTA, tuo compagno di allenamenti oltre che di classe, l'incredulità per aver provato sensazioni molto piacevoli anche senza un pallone tra i piedi. Mentre il Gran Tamarro Accigliato fatica a credere che un calciatore di talento come te, che stai per entrare nelle giovanili dell'Inter, possa frequentare quel piccolo iettatore di Ruggero, la Principessa Lessa e la Bionda Nauseabonda trascrivono in tempo reale ogni parola del tuo pomeriggio con Cristiana nella chat *#Saittastaizitta*.

La prima ad afferrare il cellulare dalla sua borsetta griffata è la Divina Faina, che legge quell'intollerabile resoconto senza respirare. Quindi esce furibonda dal camerino dell'elegante negozio in Via della Spiga, dove sta scegliendo nuovi *outfit* con la mamma come fa ogni sabato. Lo shopping per oggi è rimandato: al momento, per la Faina è più urgente tornare a casa e capire che cosa intendi, Justin, quando su Instagram avverti che una ballerina ti farà ingrassare molto presto.

È proprio vero, Cristiana: questo capolavoro che hai appena sfornato fa tremare ogni bilancia! I tre abbondanti strati di cioccolato (uno al latte, uno fondente e uno bianco) vengono golosamente nascosti da una spessa glassa con cui hai rifinito la tua ultima, succulenta torta, cucinata di ritorno dal cinema. Un'esplosione di goduria per il palato.

Dalla foto mi sembra di sentirne anche il profumo. Dev'essere squisita. Quando preparerai un dolce tutto per me?

Il bello dei social è che non si vede come stai

avvampando per l'emozione dopo aver letto il messaggio che il Bomber ti ha inviato su Instagram. Ti ha scritto un attimo dopo che hai postato la foto della torta.

Il bello dei social è anche non vedere le espressioni maligne della Faina e delle altre invidiose Cospiratrici, che hanno letto quel commento nell'istante esatto in cui lui lo ha postato. Ma stavolta le tue compagne hanno un piano infallibile. E sono certe che presto il Bomber avrà solo voglia di tirartela in faccia una torta.

– Hai per caso conservato anche le penne di Dragon Ball dai tempi delle elementari? – ti domanda l'Amico Esotico all'uscita da scuola, mentre tu, Ruggero, stai nuovamente aspettando Cristiana.

– Forse una, ma di Dragon Ball Z! – rispondi cercando di sdrammatizzare. La settimana per te è cominciata nel peggiore dei modi.

– I tuoi genitori si arrabbieranno?

– No, se non glielo dico.

– Credo che tu debba farlo, Rettagono.

– Perché, tu hai raccontato ai tuoi che ti chiamano Terrorisis?

– No, però a me non hanno distrutto lo zaino prima e l'astuccio poi.

– Hai ragione, ma questa volta non ci sono prove di

chi sia stato. Quando ho chiesto in classe se qualcuno avesse visto qualcosa, hai sentito come hanno risposto.

– Nessuno si è accorto di nulla! Ovvio, hanno paura di essere presi di mira da quei bulletti milanisti – afferma l'Amico Esotico, che è più interista di te.

– Secondo me, Donnarumma non farebbe mai una cosa del genere – commenti in un raro momento di sportività nei confronti dei cugini rossoneri.

– Anche perché non è che lui ci sia andato così spesso a scuola... – sottolinea sarcastico il siriano nerazzurro, mai disposto a fare sconti agli avversari.

Mentre state sghignazzando, GTA e gli altri Fulminati Spettinati si stanno avvicinando minacciosi alle vostre spalle. Ruggero, non rispondere. Ricordati che fine ha fatto il tuo zaino qualche giorno fa. Stavolta l'Amico Esotico non potrà procurartene un altro.

Il Gran Tamarro Agitato entra subito a gamba tesa: – Iettatore del cavolo, hai colpito ancora! Questa mattina sono state rubate due bici nuove di pacca dal parcheggio della scuola.

– Forse il ladro è lo stesso che si è accanito contro il mio astuccio – reagisci. Sei proprio uno zuccone.

– In quel caso immagino sia stata fatta giustizia da un'entità divina – sghignazza GTA.

– Direi più da un'entità *cretina* – ribatti pronto,

facendo ridere l'Amico Esotico. E anche qualcuno degli Spettinati che seguono sempre GTA.

Eh sì, Ruggero, è ancora il tuo lo zaino che sta volando in mezzo alla strada. E quella che lo sta schiacciando è una macchina.

Eh sì, Ruggero, è proprio quello dell'Amico Esotico il secondo zaino che sta volando in mezzo alla strada. E quella che sta per schiacciarlo è un'altra macchina. Che si blocca davanti alla scuola e da cui scende un uomo con l'aria preoccupata.

– Ora vi presento mio padre. Così vi racconta che cosa si merita chi tratta male i siriani! – annuncia sicuro l'Amico Esotico.

Appena il gruppetto dei Fulminati vede l'uomo avvicinarsi, si dà alla fuga.

– Tutto a posto, ragazzi? – si informa il tipo restituendovi uno dei due zaini, fortunatamente poco danneggiato.

– Sì, grazie mille. Solo uno scherzo poco divertente – risponde il tuo compagno.

– Avvisate i vostri amici che possono provocare incidenti pericolosi se lanciano cose contro i veicoli – aggiunge l'uomo risalendo in auto e allontanandosi.

– Forte tuo papà! – commenti subito scoppiando a ridere.

– Quei vigliacchi ci sono cascati all'istante – dice divertito l'Amico Esotico. Che un attimo dopo ti osserva mentre recuperi preoccupato il tuo zaino, completamente distrutto.

– Mi spiace, Ruggero, ma i miei cugini avevano solo quello – ti spiega amareggiato.

– Era destino: il caro, vecchio Dragon Ball deve tornare sulle mie spalle –. Stai cercando di mantenere il buonumore.

Impresa che ti riesce facilmente ogni volta che vedi Cristiana arrivare con quella assurda corsa da ballerina: sembra una papera con le punte dei piedi rivolte verso l'esterno.

– Scusa, Rug, stavamo chiacchierando nello spogliatoio della palestra e non abbiamo sentito suonare la campanella – si giustifica affannata.

– Io, invece, la sento sempre prima che suoni – commenti tu ridendo.

– Ogni tanto lavateli i vostri zaini, sono sporchissimi – cambia argomento Cristiana, ignara dell'accaduto.

– Mi sa che il mio lo butto, mi ha stufato – rispondi dando il cinque all'Amico Esotico per salutarlo e incamminandoti con lei verso la fermata dell'autobus. Poi le chiedi curioso: – Quale argomento vi ha tenute in palestra così a lungo?

– Cose da donne! Tu piuttosto quanti 10 hai preso oggi?

– Nessuno. E a te com'è andata?

– Alla grande!

– Alla grande! Alla grandeee! Alla grandissimaaa!

La Divina Faina e tutte le Cospiratrici saltellano e si abbracciano, esultando per la riuscita della prima parte del loro piano. Quella fondamentale.

Povera Cristiana: non potevi accorgerti dell'inganno, incapace come sei di avere pensieri cattivi, sempre gentile e generosa con tutti. Anzi, loro sono state talmente abili a fingere che non ha capito nulla nemmeno l'Amica Allergica.

Hanno iniziato sfruttando il tuo punto più debole: farti parlare della danza classica e del tuo esame.

«Avrai il tutù e le scarpe da punta?» ha esordito la Faina, mentre vi stavate cambiando alla fine della lezione di ginnastica.

«Sì, è un costume da spagnola. Kitri è la figlia di un oste che si innamora di un povero barbiere, mentre il padre la vuole far sposare al ricco del villaggio. Alla fine devo fare un *manège* di giri sulle punte molto impegnativo.»

«Che roba è un *manège*?» si è finta incuriosita la Wrestler.

«Devo eseguire una sequenza di giri, mentre percorro un cerchio immaginario che occupa tutto il palcoscenico» hai spiegato contenta del loro interesse. «Alla fine gira tantissimo la testa!»

La Divina Faina si è preparata a sparare il primo colpo: «Sai che cosa mi stupisce delle ballerine?».

«Che cosa?»

«La totale assenza di seno. Infatti, ora che ti stai spogliando, mi domando perché porti il reggiseno. Non ne hai bisogno.»

Primo colpo partito...

«Be', le ballerine devono essere magre e leggere» hai provato a chiarire, sorpresa dalla sua osservazione poco artistica. «Quando ci si esibisce in coppia, il partner non riuscirebbe a sollevare una ragazza cicciottella. Ecco perché stiamo attente a quello che mangiamo. Non sarebbe un bello spettacolo vedere il ballerino crollare in scena schiacciato dal nostro peso!»

La tua battuta, Cristiana, ha fatto sorridere solo l'Amica Allergica. Le altre hanno a malapena ascoltato.

«Be', ma con tutti i dolci che cucini tu non puoi essere tanto magra! Di sicuro avrai una bella pancetta.»

Il secondo colpo è stato sparato dalla Principessa Lessa, mentre si rimetteva la collanina con lo stemma del suo tanto nobile quanto misterioso casato.

«Mi piace cucinare i dolci ma poi li regalo, non li mangio quasi mai. Comunque, andando a lezione di danza tutti i giorni, brucio molte calorie» ti sei difesa bene.

«Quello che continuo a non capire è perché porti il reggiseno se sei piatta come il palcoscenico su cui balli» ha insistito la Faina.

«È un'illusione ottica: il palcoscenico *sembra* piatto, in realtà è in leggera pendenza. E così vale anche per me: magari ti sembro piatta, ma non lo sono affatto» hai replicato tranquilla.

«Allora sei anche illusionista oltre che ballerina, perché è davvero impossibile notare "pendenze" sul tuo torace. Sembri una bambina, davvero!» ha esclamato senza apparente malizia la Faina, spalancando i suoi occhioni azzurri.

«Ma non è vero!» hai ribadito, un po' infastidita che la tua femminilità venisse messa in discussione.

La parola è passata alla Cicala e all'Acidella. Era il loro turno di sparare il colpo, sempre con lo stesso metodo: falso tono affettuoso e finta ironia.

«Dai Cristiana, falle vedere che cosa nascondi là sotto. Così la smette con questa storia e ce ne andiamo.»

«Cioè, dovrei spogliarmi?» hai chiesto imbarazzata.

«Terribilissimo, non ce la posso fare! *Eeetcììì*!» ha starnutito ridendo l'Amica Allergica.

«Siamo tra ragazze, non ti vergognerai di noi?» ha detto l'Acidella, quasi offesa dal tuo pudore.

«E poi sei già praticamente nuda, hai solo il reggiseno» ha aggiunto la Cicala.

«Facci scoprire quali altri "talenti" nascondono le romantiche ballerine!» ti ha provocato la Faina ridendo amichevolmente.

«Terribilissimo!!! Non ce la posso fare!» ha ripetuto l'Amica Allergica, divertita dalla scenetta.

«E va bene. Siete pronte?» hai detto girandoti di spalle, mentre iniziavi a sfilarti il reggiseno. «*Voilà!*» hai esclamato subito dopo voltandoti all'improvviso con le braccia sollevate in alto, nella tipica posizione delle ballerine.

«Accidenti, che tette! Sono gigantesche» ha scherzato la Wrestler, coprendosi gli occhi con la bandana e fingendosi spaventata.

Hanno tutte applaudito divertite.

Mentre stavi ricoprendo velocemente il tuo piccolo seno e finivi di vestirti, ti sei ricordata improvvisamente che Ruggero era fuori ad aspettarti. E sei scappata via, continuando a ridere con le tue compagne, soddisfatta per aver chiarito i loro dubbi sulla tua femminilità: «Devo correre, ragazze. Ho urgente bisogno di una quinta misura di reggiseno!».

Le Cospiratrici hanno aspettato ancora un attimo: doveva prima andarsene anche quella rompiscatole dell'Amica Allergica, che sta sempre tra i piedi. Appena è uscita dallo spogliatoio, si sono girate verso la Bionda Nauseabonda, rimasta per tutto il tempo silenziosa e in disparte.

«Allora?» le ha domandato subito la Divina Faina, ricevendo in risposta solo un sorriso. Ma era un sorriso spaventoso!

Meno male che è uscito un nuovo video di Daniele Doesn't Matter. Il tuo youtuber preferito ha l'effetto di portarti in un'altra dimensione, soprattutto quando non sei di buonumore. Tra le provocazioni dei Fulminati Spettinati e la delusione per l'Inter, che nel posticipo ha pareggiato in casa con l'ultima in classifica, hai proprio bisogno di svagarti con un bel video, Ruggero.

Stasera Daniele Doesn't Matter ti fa ridere mentre racconta che ai suoi tempi, in caso di brutti voti a scuola, ti mettevano in castigo impedendoti di usare i videogame per una settimana. Mentre oggi la vita dei genitori è molto più complicata e mamma e papà si devono davvero mettere d'impegno: «Se al prossimo compito non prendi la sufficienza, ti tolgo le PlayStation 1, 2, 3 e 4; la Wii, la Wii U, il Nintendo DS, la PSP, la

PS Vita, l'Xbox, l'iPad, l'iPhone, il computer portatile, il computer fisso, l'abbonamento a Sky, l'abbonamento a Mediaset Premium! E non dirmi che, senza tutto questo, avrai più tempo per stare con gli amici! Perché quelli in carne e ossa sono spariti nel 2004, quando è nato Facebook!!!».

Hai ancora il sorriso sulle labbra quando ti accorgi di aver ricevuto un messaggio su WhatsApp. Sei stato aggiunto a un nuovo gruppo. Si chiama *GATTONERO*.

Lo ha creato GTA e, oltre al tuo numero, ci sono anche quelli di Iron Mac e Flash Mordon, di Moviola, di Never Repper e dell'Agente Serpente.

I Fulminati Spettinati al gran completo non stanno scrivendo nulla, ma alternano foto di gatti neri e persone ferite, gatti neri e incidenti stradali, gatti neri e terremoti, gatti neri e tragedie di vario tipo.

Dopo quasi un'ora, quando i tuoi compagni di classe smettono di inviare immagini di sciagure, ma tu non hai ancora smesso di tremare per la preoccupazione, arriva un ultimo messaggio. È di GTA. C'è scritto semplicemente: *Continua...*

La Principessa Lessa

Lo so, Cristiana: il colore del cielo è una delle tue fissazioni.

Non ti capaciti di come in montagna sia sempre di un blu deciso, dai nonni a Roma di un azzurro vivace e qui a Milano di un celestino-grigio che fa venire la depressione anche quando c'è il sole, che è meno giallo che nel resto del mondo! Questa mattina, poi, mentre sei seduta sul solito autobus, non riesci a capire se è più grigio il cielo o l'umore di Ruggero. Non ha ancora aperto bocca da quando sei salita.

– C'è nessuno qui dentro? – domandi picchiettando sul suo cappellino nero.

– Lascia stare, Cri. Stanotte non ho chiuso occhio.

– Perché Rug, temevi di prendere solo 9 in inglese invece del solito 10? – provi a farlo sorridere.

– Oggi non ho inglese – risponde serio lui guardando fuori dal finestrino. Per poi sobbalzare alla vista di due gattini randagi.

– Hai paura dei gatti? – chiedi stupefatta dalla sua reazione.

Ma lui ora fissa il pavimento dell'autobus, senza reagire. Il tuo amico oggi è su un altro pianeta. A giudicare dal suo sguardo, però, non deve essere un pianeta su cui si vive meglio. Decidi comunque di rispettare il suo bisogno di silenzio finché non arrivate davanti alla Matteotti.

– Rug, oggi dopo la scuola non aspettarmi. Ho una lezione straordinaria di danza per provare la mia variazione.

– Ok, Cri – sussurra con un filo di voce.

Mentre salite le scale per raggiungere le vostre aule, alcuni ragazzi della 3ªB salutano Ruggero con alcuni curiosi "Miaooo". All'inizio ti sembra divertente, poi ti accorgi che a ogni miagolio corrisponde una piccola smorfia di paura sul viso del tuo amico. Quando lo lasci davanti alla porta della sua classe, ti rincuora vedere l'Amico Esotico andargli incontro e sorridere alla vista del riesumato zaino di Dragon Ball.

Ora Ruggero è in buone mani e tu puoi andare tranquilla verso la 3ªC.

– Ciaooo ballerina! – starnazzano appena entri le Adulatrici Cospiratrici, scambiandosi occhiate d'intesa allegre e soddisfatte.

È proprio il sorriso compiaciuto che vorresti tanto vedere sul volto dei commissari che dovranno giudicare il tuo esame per la Scuola di Ballo della Scala. Con il solito ottimismo ti avvicini al banco, dove è già seduta l'Amica Allergica, talmente pallida che sembra ricoperta di neve. Appena si accorge di te, gira istintivamente il viso verso la finestra. Come se volesse proteggersi... O nascondersi.

– Perché entrambi i miei migliori amici hanno facce da funerale oggi? – la interroghi ripensando a Ruggero.

– Non ce la posso fare Cri – sussurra lei continuando a guardare fuori dalla finestra.

– Terribilissimo! – la sfotti. – Pensi di passare cinque ore girata dall'altra parte?

– Non ce la posso...

– Ehi, attenta che ti viene il torcicollo!

– Non ce la posso fare Cri – ripete la tua amica con una voce inzuppata di dolore come un biscotto caduto nel latte. – *Eeetcììì*!

– Che cosa ti è successo? – le chiedi preoccupata, sedendoti accanto a lei e mettendole le mani sulle spalle.

Esattamente lo stesso gesto che un istante dopo fa

la Divina Faina con te. A guardarvi tutte e tre in quella posizione, sembrereste pronte a far partire uno di quegli insopportabili trenini che alle feste costringono tutti a ballare. Solo che manca la colonna sonora. Una beffa, visto che per la prima ora è in arrivo proprio Flauto Magico, la professoressa di educazione musicale.

– Saitta, vieni al mio banco che ti faccio vedere una bella cosa... – ti invita la Faina.

– Ora non posso, scusami. Devo prima risolvere una questione – rispondi.

– Penso che dovresti seguirla subito, Cristiana – ti suggerisce l'Amica Allergica con voce tremante, ma trovando almeno il coraggio di guardarti.

Bastano pochi secondi e ti trovi anche tu sullo stesso, orribile pianeta di Ruggero. Perché le voci che ti giungono alle orecchie sono ovattate. È come se ti parlassero mentre sei immersa in un mare profondo. E la sensazione è proprio quella di stare sott'acqua: non riesci a tornare in superficie, ti manca l'aria. Stai affogando.

E non puoi chiedere aiuto, perché sott'acqua è impossibile parlare.

"Saittastaizitta": così ti stanno chiamando ora le Adulatrici Cospiratrici, bene attente a non farsi sentire dagli altri compagni.

– Saittastaizitta, abbiamo una sorpresina per te – comincia la Wrestler.

– Saittastaizitta, ti piacerà di sicuro – aggiunge l'Acidella, nel suo solito tono insopportabile.

– Saittastaizitta, non sei affatto fotogenica – ti informa la Bionda Nauseabonda.

– Saittastaizitta, avevo ragione io: hai una bella pancetta – gracchia la Principessa Lessa.

– Saittastaizitta, accetta un consiglio: basta con le torte – frinisce la Cicala.

La Faina ha curato l'attacco in ogni dettaglio, riservandosi la battuta finale.

– Saittastaizitta, mi piacerebbe tanto pubblicare questa foto su Instagram! – dice mostrandoti lo scatto. – A meno che... – e non conclude la frase.

È in questo momento che inizi ad affogare, Cristiana: quando ti vedi nuda sullo schermo del suo telefonino. Ti ha scattato una foto mentre eravate in palestra ieri. Eppure non aveva nulla in mano, te ne saresti accorta.

Ma che cosa succede adesso? Perché le Cospiratrici stanno tirando fuori i loro cellulari? Sei talmente sconvolta che non riesci a capire.

La spiegazione è facile: la foto di te nuda in posa da ballerina è sui telefoni di ognuna di loro. E ora possono farne quello che vogliono, quando vogliono e dove vogliono.

– Vedi anche tu quello che vedo io, Saittastaizitta? Sotto le tette inesistenti si nota una pancia un po' troppo sporgente – insiste la Principessa Lessa. – Più che di un reggiseno, avresti bisogno di una pancera contenitiva!

L'ingresso di Flauto Magico mette a tacere il concerto più stonato a cui tu abbia mai assistito. Torni al tuo banco come un alieno, senza capire se hai ancora un'anima, perché non riesci a provare nulla.

– Terribilissimo, non ce la posso fare Cri – ripete l'Amica Allergica, che chiede subito alla prof il permesso di uscire dall'aula. Il mal di pancia sta arrivando e sente il bisogno di respirare. Ma sente anche il bisogno di allontanarsi da te: non sa come aiutarti. E forse non vuole nemmeno farlo.

L'Amica Allergica resta per qualche minuto in corridoio, respirando a fondo per farsi passare le fitte alla pancia. Intanto sente dei risolini provenire dalla 3ªB.

«Beati loro che si divertono» pensa.

Vuoi dirglielo tu, Ruggero, quanto poco ti stai divertendo?

Dopo aver miagolato durante l'appello nel momento in cui lo Sceriffo ha pronunciato il tuo cognome, GTA ha deciso di spiegare all'intera classe la ragione di questa improvvisa passione felina.

– Mi sto esercitando con gli anagrammi, prof, e ho scoperto che parole escono usando le lettere di Rettagono – dice il Gran Tamarro Avariato.

– Non sono sicuro di volerlo sapere. E forse nemmeno il diretto interessato – ribatte lo Sceriffo, lasciando scegliere a te se chiarire o meno l'origine di quei miagolii.

Rispondi con un'alzata di spalle. È evidente che in un modo o nell'altro GTA lo spiegherà comunque.

– Prego, sciogli questo enigma – lo invita il prof.

– Rettagono diventa... Gattonero! E questo spiega molte cose... – annuncia tronfio.

Tutta la classe si mette a ridere.

Ci provi anche tu per non dare soddisfazione a quel tamarro prepotente. Ma ti esce un ghigno che non inganna il prof, il quale interviene subito come un pompiere a spegnere i risolini esagerati. E anche strategici: per molti compagni, infatti, più durano le risate meno dura la lezione di italiano.

– Mi fa piacere che ti sia sforzato con i giochi di parole. Sono più utili al tuo cervello dei furti d'auto. Però vorrei ricordarvi che cosa mi diceva il mio professore quando avevo tredici anni come voi: solo le persone che scelgono di non studiare e di vivere nell'ignoranza si sentono più forti prendendo in giro gli altri.

– Guardi, prof, che non l'ha fatto lui l'anagramma. Sono stato io... – rivela tranquillamente Moviola che, più lento di un bradipo, si era perso la prima parte del discorso perché stava ancora cercando di capire che libri doveva prendere dallo zaino. E ora, con questo intervento, pensava addirittura di difendere il compagno.

La classe scoppia di nuovo a ridere. Ma se prima gli unici rimasti seri eravate tu e lo Sceriffo, stavolta vi fa compagnia anche GTA, seccato per la nuova figuraccia.

Moviola

Resti immobile al tuo posto con la testa bassa. Non hai altra scelta, Cristiana. La vergogna per quella foto ti ha paralizzato, e comunque sono le Cospiratrici a precipitarsi intorno al tuo banco nel primo dei due intervalli.

– Saittastaizitta, non fare quella faccia! – ti rassicura ipocrita la Faina.

– Ma certo, Saittastaizitta, non devi preoccuparti – conferma la Cicala, che in realtà era l'unica a voler postare subito la foto dello scandalo.

– Che cosa volete da me? – domandi quasi sorpresa di sentire la tua voce.

– Saittastaizitta, non devi parlare – ti avverte la Faina.

– Sssh, Saittastaizitta. Ti conviene – aggiunge la Wrestler.

– Da una come te non vogliamo niente. Sei tu che

devi stare lontana da noi e dalle persone che frequentiamo! – chiarisce con disprezzo la Faina.

– Ma io non frequento nessuno dei vostri amici! – replichi decisa.

– In effetti, fino a poco tempo fa era così. Ma hai appena fatto un grosso errore – prova a spiegarti l'Acidella, la più bassa delle Adulatrici e per questo sempre un po' incavolata.

– Davvero, non vi seguo – cerchi di difenderti.

– Saitta, ti do un avvertimento e un consiglio. L'avvertimento è di stare alla larga dalle persone del nostro gruppo. Il consiglio è... dimagrisci. Quei rotoli di grasso sulla tua pancia fanno schifo – conclude la Faina allontanandosi impettita, seguita dal codazzo delle sue Adulatrici.

Ma è il secondo intervallo quello che ti fa aprire gli occhi sul messaggio della Faina. L'ingresso a sorpresa di Justin Bomber nella tua classe fa esclamare all'Amica Allergica il solito: – Terribilissimo! Non ce la posso fare!

E quando lui si avvicina a te, la Bionda Nauseabonda si mette alle sue spalle e imita la posa della foto di te nuda.

Il calciatore ti sta chiedendo qualcosa su una torta per lui quando, all'improvviso, capisci il senso di quel ricatto: stupida, folle, assurda gelosia per la tua uscita di sabato con Justin Bomber! Ora ti è tutto chiaro. E, di colpo, ti sembra di tornare a galla e riprendere a respirare.

«Ma certo!» ti dici. «Basterà che io non esca più con lui perché loro cancellino la mia foto dagli smartphone!»

Tutta presa dalle tue considerazioni, non ti sei nemmeno accorta che quel poveretto se ne è andato, deluso dal tuo silenzio. Ti ha anche chiesto se ti sentissi bene, ma tu eri ancora sott'acqua su quel pianeta lontano dove le sue parole non potevano raggiungerti.

Non hai fatto caso nemmeno all'intervento della Faina, che ha suggerito al Bomber di non badare alla tua maleducazione, spiegandogli che ti capita spesso di assentarti con la testa quando pensi al barbiere squattrinato che vuoi sposare.

«Chi è il barbiere squattrinato?» ha domandato lui, infastidito all'idea che ci sia un altro nei tuoi pensieri.

«Il suo principe azzurro» ha risposto la Faina, che poi lo ha seguito di corsa fino alla sua classe.

– Ehi, Rug, non sapevo che Cristiana fosse innamorata di un barbiere – ti annuncia Justin Bomber di ritorno in 3ªB.

Esattamente come lei, neanche tu ti sei mosso dal tuo banco. Hai evitato perfino di andare in bagno per il timore di sentire miagolare perfino lì.

– Ne sapevi qualcosa? – insiste il ragazzo.

– Certo, è Basilico – rispondi con indifferenza.

– Basilico? – ripete il Bomber confuso.

– Ma sì, Basilio! Il barbiere povero di cui è innamorata Kitri, la protagonista del *Don Chisciotte*. Te ne ha parlato sabato – spieghi sbrigativo.

– Ah, è vero! – ti sorride lui spavaldo. Per poi aggiungere: – Comunque Cristiana era strana lo stesso. Fissava il vuoto senza neanche rendersi conto che ero lì.

– Vuoi cercare di capire le donne? – si impiccia Moviola, che si è avvicinato a voi. – Lascia perdere e dedicati al calcio. Le ragazze sono concentrate per tutto l'anno solo sulla prova costume. Che poi, io glielo suggerisco sempre alle mie sorelle: fate come me, si parte dalla prova ciabatta! Le infradito stanno sempre benissimo sul piede.

Moviola riesce a strapparti un sorriso. Vorrebbe fare il duro come gli altri Spettinati, ma ci mette troppo tempo e la sua vittima non se ne accorge neanche.

– Quando giochi la prossima partita? – adesso è il turno della Faina.

Quanto traffico intorno al tuo banco, Ruggero! Ma a nessuno che sia venuto in mente di criticare lo stupido anagramma di GTA. A nessuno che sia venuto in mente di chiederti se ti ha dato fastidio. Invece, ti tocca pure vedere la Faina che scodinzola intorno al Bomber.

– Gioco domenica mattina, perché? – le risponde lui.

– Mi piacerebbe venire a tifare per te – gli sorride lei. Facendo morire di invidia parecchi compagni, incantati da quegli occhi azzurri e da tutti gli altri "componenti" che rendono il corpo di quella ragazza degno della fascia di Miss Matteotti.

E invece che fa Mister Matteotti? Del tutto indifferente al suo fascino, la rispedisce velocemente nella sua classe come farebbe con un pallone scaraventato fuori dal campo.

– Perderesti solo tempo. Non sai nemmeno distinguere un calcio d'angolo da un fuorigioco e alla fine faresti come tutte le altre ragazze che ogni tanto compaiono alle partite: cellulare in mano e mossette strane per fare i video su Musical.ly dalla tribuna.

La Faina, però, non è abituata a essere calciata fuori da nessun tipo di campo. Questa prima volta le ha lasciato nell'umore un livido che non si riassorbirà troppo presto.

Nell'ultima ora si è parlato di tatuaggi. Non perché rientri nel programma ministeriale, ma perché Don Tattoo, l'insegnante di religione, ha il corpo ricoperto di muscoli possenti e immagini sacre.

E spiegando il senso di ogni incisione sulla sua pelle

vi spiega anche il senso del *Vecchio* e del *Nuovo Testamento*.

La sua “vocazione” per il sollevamento pesi lo ha reso l’idolo della scuola Matteotti. Nessuno in 3ªB si è fatto esonerare dall’ora di religione.

– Mi piacerebbe farmi un tatuaggio – annuncia GTA mentre tutti gli studenti scendono le scale incolonnati verso l’uscita.

– *Forza raga, coloratevi la pelle,/riempitevi d’oro come le cappelle./E se poi non vi puzzano più le ascelle,/ potrete mangiarvi un mare di girelle.*

– Che cos’hai mangiato a merenda per vomitare queste rime? – domanda Flash Mordon a Never Repper.

– Che cosa mi hai ricordato… le girelle! Sono anni che non le assaggio – si accoda Iron Mac. Impossibile per i gemelli non pensare al cibo a quest’ora.

– Ma non stavamo parlando di tatuaggi? – arriva in ritardo Moviola.

– Sì, dicevo che mi piacerebbe farmene uno. Però mi preoccupa l’idea di dovermelo tenere per tutta la vita – è la considerazione di GTA.

– Se si tiene quella faccia per tutta la vita, può tenersi anche un tatuaggio.

Come al solito non sai resistere, Ruggero, e seppur sottovoce ti sei lasciato scappare la battuta con l’Amico

Esotico. Che però non è stato l'unico a sentirti. L'Agente Serpente, infatti, si è ritagliato questo ruolo meschino: spia, origlia, controlla e poi riferisce tutto a GTA. Come accade anche stavolta.

Il Gran Tamarro Avvampato non può accettare che un simile affronto passi sotto silenzio e, velocissimo, ti afferra per le maniche della giacca e ti trascina fin sul ciglio del marciapiede. Poi, coperto come uno scudo dagli Spettinati, ti spinge con forza verso il centro della strada mentre sta sopraggiungendo una macchina. L'automobilista sterza di colpo e suona il clacson, spaventatissimo.

Mentre torni rapidamente verso il marciapiede, ti accorgi che stai battendo i denti come se avessi freddo. Invece è la paura per l'enorme rischio appena corso.

I Fulminati sono già spariti. È rimasto solo Moviola, che ti segue per un po'.

– Ruggero, scusa per la storia del Gattonero.

– Stai scherzando? – domandi poco convinto della sua sincerità, mentre ti metti una mano sul cuore: sembra che stia tirando calci per quanto batte forte.

– Sai che non ci avevo fatto caso: Ruggero e Gattonero fanno rima! – commenta entusiasta senza risponderti.

– Scusa ma faccio davvero fatica a rallegrarmi per la tua ultima scoperta – borbotti appoggiandoti al muro della scuola e respirando profondamente a occhi chiusi.

– Non preoccuparti, non fa nulla – risponde Moviola, più stordito che mai. Poi ti indica il Bomber, che sta salendo sullo scooter del padre, e continua: – Dice che sei molto simpatico. Ha dovuto insistere per convincerci, non ci credeva nessuno.

– Ma ci fai o ci sei? – chiedi incredulo.

– Ci sono, oggi ci sono. Se vuoi posso venire io da te. Anzi, lo preferisco. A casa mia c'è troppa confusione – continua Moviola.

– Ma di che cosa stai parlando? – lo interroghi. «Deve essere uno scherzo» ti convinci, guardandoti intorno in cerca del resto della gang.

– Pensavo mi avessi chiesto di studiare insieme! – chiarisce Moviola senza guardarti, mentre cerca di allacciarsi un giubbotto troppo piccolo per essere il suo. – Mi farebbe molto piacere – aggiunge fissandoti tranquillo dopo aver rotto la chiusura lampo.

– D'accordo, allora ci vediamo da me più tardi –. La tua voce è più veloce dei dubbi che ti stanno già assalendo. In fin dei conti, però, non hai tanti amici e questo impiastro sempre in ritardo non sembra poi così cattivo.

Appena tornata dalla lezione, ti butti sul letto con il viso schiacciato contro il cuscino. Madame Arabesque ti ha ripreso per tutto il tempo: non andavi a tempo, non ti venivano i salti, non eri espressiva, i giri erano un disastro... La maestra francese ha un vocione profondo, frutto dei due pacchetti di sigarette che si fuma ogni giorno, che stona con la corporatura minuta.

Doveva essere una prova per rifinire i dettagli, invece sembrava la prima volta che eseguivi quei passi. La variazione di Kitri del primo atto è gioiosa, segna l'entrata in scena di una ragazza innamorata che scherza con il suo fidanzato, ma che poi incanta anche il vecchio Don Chisciotte. Invece, la tua interpretazione di oggi sembrava quella del funerale di Kitri.

Ovviamente, la maestra di danza non poteva immaginare il tuo tormento.

Toc toc bussa il tuo telefonino. C'è un messaggio WhatsApp dell'Amica Allergica.

Terribilissimo, Cri, non ce la posso fare.

«Sai che novità» pensi infastidita dalla sua sottomissione alla Faina.

Ce la puoi fare, basta evitarla! le suggerisci il rimedio.

Non posso evitarla. Hai visto quanto è popolare su Instagram? Hai visto quanta gente segue il suo profilo?

Toc toc. Un altro messaggio dell'Amica Allergica.

Mettersi contro di lei significa perdere popolarità, come sta accadendo a te.

Sono parole che ti colpiscono come uno schiaffo.

Allora stai con lei e mettiti contro di me! replichi risentita.

A quel punto il tuo telefonino smette di fare *toc toc*.

Non è possibile! La tua migliore amica, che non riesce mai a fare nulla, stavolta una cosa l'ha fatta: ha scelto di abbandonarti!

– Davvero non sai usare Instagram? – domandi stupito a Moviola.

Dopo aver studiato un po', il tuo compagno ti ha parlato della sua famiglia numerosa e ti ha confessato quanto sia complicato vivere quando mancano i soldi. Al che tu gli hai raccontato della difficile separazione dei tuoi genitori. E poi, visto che eravate in vena di confidenze, hai anche ammesso di non avere praticamente amici, a parte Cristiana e il siriano interista, forse perché sei sempre stato molto più basso rispetto ai tuoi coetanei, e questo... non ti faceva sentire alla loro altezza.

Moviola ha pareggiato i conti rivelandoti la sua incapacità a usare i social e Internet. Quindi ti ha chiesto di mostrargli come si fa.

Tu hai eseguito tutti i passaggi per entrare sul tuo profilo Instagram e hai ripetuto l'operazione più volte.

Uno scrupolo più che giustificato, considerata la proverbiale lentezza di Moviola. A quel punto ti ha chiesto di provare lui e tu lo hai lasciato fare, permettendogli di scrivere "Triplete2010", la tua password.

Moviola ha impiegato diversi secondi per capire il perché di quella combinazione, poi è scoppiato a ridere.

– Bravo Ruggero! Così festeggi ogni giorno l'anno magico della tua Inter: Scudetto, Coppa Italia e Champions League.

Alla fine se ne va allacciandosi un giubbotto che questa volta è troppo grande per essere suo. Mentre tu torni ai video di Daniele Doesn't Matter.

Come fai a essere così ingenuo, Ruggero? La password è come lo spazzolino da denti: non si condivide con nessuno!

GTA

Lo Sceriffo fissa in silenzio la classe. La classe fissa in silenzio lo Sceriffo. Per la prima volta il vostro insegnante fatica a trovare le parole. E tutti voi studenti della 3ªB vi sentite osservati come se foste colpevoli di un misfatto. Questo mutismo dura ormai da diversi minuti e la situazione si sta facendo preoccupante.

– Aaah! – urlano all'improvviso due spaventatissime compagne.

A farle sobbalzare è stato lo starnuto di Never Repper che, come in un film horror, ha spezzato bruscamente quel silenzio surreale, facendo volare a terra i suoi occhiali troppo grandi.

In condizioni normali avresti riso, Ruggero, come fanno molti tuoi compagni. Ma stavolta ti trattieni.

L'imbarazzante esibizione dell'artista rap ha scosso

lo Sceriffo, che si schiarisce la voce con due colpetti di tosse. Poi fa un lungo sospiro e, come al solito, si gratta la testa prima di parlare.

– La mia è la professione più bella del mondo. Voi, ragazzi, sapete emozionare come un capolavoro del Novecento. Siete tutti diversi, ognuno con la propria storia. La mia missione è capirvi, aiutarvi a crescere, aiutarvi a superare le vostre fragilità e, magari, riuscire anche a farvi amare la letteratura. Come potete immaginare, un professore ha una grande responsabilità nel dare il suo contributo alla crescita di un futuro uomo e di una futura donna. E nella mia lunga carriera sono stato in difficoltà tante volte, lo ammetto. Mi sono capitati studenti con problemi enormi, che hanno dovuto affrontare ostacoli a volte insormontabili. Ma ce l'ho sempre messa tutta per fare in modo che la scuola desse loro conforto e non diventasse un problema in più.

Lo Sceriffo fa una pausa, riprende fiato e continua: – Forse apprezzando questo mio impegno, la nostra dirigente ha scelto me come referente scolastico nella lotta al bullismo e al cyberbullismo, il grande nemico della Generazione Z, quella a cui appartenete tutti voi nati dopo il 2000. Ogni istituto deve avere il proprio referente per legge. Eppure, oggi mi sento stordito come se qualcuno di voi mi avesse sbattuto una porta in faccia.

Perché quello che non mi aspettavo era di diventare io la vittima. Alla mia età sono stato bullizzato! E a farlo siete stati voi, i miei studenti da tre anni!

Adesso vi state tutti guardando negli occhi, cercando di intuire il significato delle sue oscure parole. Ancora non capite che cosa sia successo. Lo Sceriffo e Don Tattoo sono i professori che ognuno di voi porterà nel cuore per il resto della vita. Come è possibile anche solo pensare di trattarli male?

– Sono certo che molti di voi non sanno di che cosa sto parlando. Ve lo spiego subito – continua l'insegnante. – Questa mattina sono entrato in classe molto presto. Ho lasciato qui il mio borsello e sono uscito a prendere un caffè con la dirigente. Al mio ritorno era sparito il quadernone su cui, come sapete, scrivo i titoli dei temi da assegnare, le domande per le verifiche, gli appunti per le lezioni e, soprattutto, le password del registro elettronico. Il giorno prima, sempre in questa classe, mi erano state rubate le chiavi del mio vecchio scooter. Lunedì era stata la volta del portafoglio.

Fa un altro sospiro. Si vede che gli fa male dire queste cose.

– In termini pratici, i danni sono minimi. Ricordo a memoria i titoli del tema di oggi, ho segnato da un'altra parte le password, ho nel mio armadietto una copia delle chiavi dello scooter e nel portafoglio avevo appena dieci euro. In termini affettivi, però, il danno è immenso. E me ne assumo la colpa: pensavo di conoscere a fondo ognuno di voi e vi ritenevo incapaci di gesti simili. Evidentemente, dopo tutti questi anni, ho fallito.

Le parole dello Sceriffo vi hanno colpito, qualche compagna ha gli occhi lucidi per la commozione. E tu, Ruggero, vorresti rincuorarlo e dirgli che ti dispiace. Ma sei troppo timido per farlo. Ti giri verso l'Amico Esotico, per capire se sta provando le tue stesse emozioni. Ma lui, appena si accorge del tuo sguardo, abbassa la testa e si mette a giocare nervosamente con la penna. Il professore, intanto, sta per dettarvi le tracce dell'ultima verifica del quadrimestre e sulla classe è nuovamente calato un silenzio irreale.

Silenzio che si interrompe solo con il ritiro dei compiti, al suono della campanella per l'intervallo delle 10. E con le prime parole che ti senti rivolgere da quando sei arrivato a scuola.

– Gattonero, sei proprio uno stronzo! – ti attacca l'Agente Serpente con la sua lingua velenosa.

– Non ti avvicinare a quel lurido essere: portasfiga solo a guardarlo – lo spinge via GTA, aiutato da Never Repper.

Moviola li segue a distanza senza guardarti mentre Iron Mac e Flash Mordon stanno addentando un pezzo di focaccia indicandoti agli altri compagni che, dopo aver controllato i propri cellulari, ti fissano prima sorpresi e poi infastiditi. Alcuni smettono subito di seguirti su Instagram.

– Mia sorella si chiama Amal, non Amina – ti dice con amarezza l'Amico Esotico allontanandosi subito.

Senti battere il cuore talmente forte che ti sembra sia sceso in pancia. Che cosa sta succedendo? In questo momento vorresti essere ancora più piccolo di quello che sei. Non c'entri nulla con il furto allo Sceriffo: per quale ragione tutta la classe pensa che sia stato tu?

E che cosa c'entra Amal? Anche la sorella dell'Amico Esotico ti ha sempre fatto venire il batticuore, ma per ragioni completamente opposte. Lei, infatti, ti fa sentire meglio e desideroso di essere più grande, molto più grande. Ma Amal ha quindici anni e va al liceo: che cosa ha a che fare lei con questa storia?

La paura ti terrebbe incollato al tuo banco, ma devi capire. E così, con le gambe che tremano, ti alzi e vai in cerca dell'Amico Esotico sfidando le occhiatacce dei tuoi compagni. Ti senti come un soldato che cerca di mettersi in salvo mentre i nemici sparano da tutte le parti. Devi schivare i proiettili e trovarlo in fretta.

Mentre attraversi il corridoio, sognando di essere invisibile come il ragazzino del film che hai visto al cinema, incroci Cristiana. Vorresti chiederle aiuto, ma lei non ti ha visto: guarda verso il basso, mentre quelle sue insopportabili compagne, alte il doppio di te e addirittura più magre, le stanno parlando. Sembrano degli stuzzicadenti con i capelli.

Eccolo! Finalmente lo hai visto. Sta mangiando da solo i *ma'amoul*, quei biscottini squisiti al pistacchio che prepara sua madre quando ha nostalgia della Siria. E che a volte porta anche per te, nella tua versione preferita: con le noci e i datteri.

– Li ha fatti... Amina? – domandi, cercando di essere spiritoso.

L'Amico Esotico non ha voglia di scherzare: – Amal! Mia sorella si chiama Amal, Ruggero. Disprezzi talmente tanto la mia famiglia da non ricordarne nemmeno i nomi?

– Che stai dicendo? E che cosa c'entrano tua sorella e la tua famiglia con i furti dal borsello del prof? – chiedi sempre più confuso. – E poi io non disprezzo affatto la tua famiglia!

– I furti dal borsello? Perché, è opera tua anche quella? Complimenti, Ruggero, nelle ultime ventiquattr'ore hai dato il meglio di te – ironizza il siriano nerazzurro.

– Chiariamo subito alcune cose: io non ho mai toccato il borsello del prof. Né ho mai chiamato tua sorella Amina. Né ho la più pallida idea di che cosa mi stia capitando. Per favore, spiegami – lo supplichi.

– Ruggero, forse hai agito senza pensare. Ma non puoi scrivere certe cose su di me, su Amal e sulla mia famiglia e poi pretendere che io non ci resti male.

– Scritto cosa? Dove? Quando? – lo interroghi come farebbe un ispettore di polizia.

– Ieri sera, su Instagram.

– Stai scherzando? – sussurri mentre cominci a tremare in modo evidente.

Vedendoti impallidire, l'Amico Esotico si preoccupa:
– Stai male, Ruggero?

– L'ultima volta che ho usato Instagram è stato ieri pomeriggio: ho messo un like alla torta postata da Cristiana. Poi ho guardato di nascosto *Narcos* su Netflix. Mamma non vuole, quindi mi sono messo le cuffie per non farmi sentire. Ma così sono stato io a non sentire lei che entrava nella mia stanza. Per punizione mi ha sequestrato computer, tablet e cellulare fino a domenica – spieghi imbarazzato.

– Allora come sei riuscito a pubblicare la foto di classe e a insultare ogni tuo compagno tra le nove e le undici di sera? Qualcuno conosce la tua password?

Ma certo... ora hai capito tutto! È stato Moviola.

Mentre tremi ancora più forte, per la rabbia e la paura, chiarisci l'equivoco all'Amico Esotico.

– Ecco perché è lui l'unico che non hai insultato – commenta il siriano ridendo. Per poi aggiungere serio: – Ruggero, cambia password, ti hanno rubato l'identità.

– Il ladro che si è preso la mia identità può fare i compiti al posto mio?

– Penso proprio di no.

– Allora ho un problema! – dici con un risolino amaro.

Forse ne hai più di uno. Lo Sceriffo ti sta venendo incontro e il suo umore, se possibile, sembra ancora peggiore di prima.

– Rettagono, vorrei parlarti dalla preside. Seguimi, per favore.

– Che cosa ti è saltato in mente, rimbambito?

Calmati, GTA: se strilli così ti sentiranno tutti.

– Ho scritto di fretta, senza pensare – si giustifica Moviola.

– Tu sei lento anche quando sbatti le palpebre, proprio ieri hai deciso di accelerare?

Come sei furibondo, Gran Tamarro Affumicato.

– Non mi sembra di aver postato cose così gravi – piagnucola Moviola.

– Ah no? Hai scritto sul profilo di quel gatto nero che sono scarso a calcio e invidioso di un compagno più bello e più bravo di me!

Schiumi rabbia. Anche perché, in fondo, sai che il bradipo della gang non ha mentito nel giudicare te e gli altri.

– Non c'era un'espressione meno disgustosa di "palle di grasso"? – bofonchiano anche Iron Mac e Flash Mordon, mentre ingoiano due girelle quasi senza masticarle.

Ti calmi solo quando vedi passare Ruggero dietro al prof, diretti verso l'ufficio della dirigente scolastica. Alla fine il suggerimento dell'Agente Serpente si sta rivelando azzeccato: mostrare anche allo Sceriffo le offese che il genio della classe ha pubblicato in rete. È evidente che il prof ne ha discusso subito con la preside.

Però devi stare attento, GTA: Ruggero potrebbe capire l'inganno e metterti nei guai. Mentre ti sfila accanto, muovi la bocca senza far uscire la voce.

A lui basta leggerti le labbra per capire il tuo messaggio: «Ti butto sotto una macchina!». Poi avvicini alla bocca l'indice destro. Che significa: «Stai zitto».

L'unghia spezzata della Svampita ha fatto ritardare di diversi minuti l'inizio della lezione. Durante quell'attesa, Cristiana, ti chiedi come sia possibile che nessuno ti abbia difeso, nonostante gran parte della classe si sia accorta che le Adulatrici ti stanno minacciando. Sei sempre stata gentile con tutti, hai offerto decine di torte squisite ai tuoi compagni... eppure a nessuno ora interessa capire come mai quelle ragazze si comportino così male con te. L'unico aspetto positivo è che nessuno conosce il vostro segreto. Altrimenti moriresti per la vergogna!

«Scordati le "dolci" promesse fatte ai ragazzi della scuola» ti ha appena avvisata la Divina Faina.

«Evita di rispondere a chi vuole assaggiare le tue schifezze supercaloriche. Ricordati che lo fa solo per pietà nei tuoi confronti» ha infierito la Cicala.

Per tutto il tempo in cui ti hanno parlato, hai tenuto la testa bassa. Certo non ti manca il coraggio di guardare quei volti perfidi. Non è quello il motivo per cui hai fissato il pavimento: a spaventarti era l'idea che potessero leggere sul tuo viso il disprezzo che provi per loro. Lo avrebbero vissuto come un affronto e, di sicuro, la tua foto sarebbe apparsa su tutti i social nel giro di un secondo.

«Sappi che per me la tentazione di far sapere a tutti che hai più pancia che tette è molto forte. Mi stanno trattenendo le altre, che sono troppo buone con te. Ma al primo passo falso non avrai scampo» ha minacciato la Wrestler.

Quello che più ti ha fatto male, però, non sono stati i loro avvertimenti. Mentre fissavi il pavimento hai scorto i piedi delle tue compagne e hai notato un paio di scarpe che conosci fin troppo bene. Sono le sneakers che ti aveva regalato a Natale una zia di Roma e che, essendo troppo piccole, avevi a tua volta donato all'Amica Allergica. Questo significa che la tua ex migliore amica è rimasta per tutto il tempo accanto alle Adulatrici in un silenzio complice, che le ha fatte sentire ancora più forti e sicure. Evidentemente adesso ti odia anche lei, proprio come le altre.

Mentre la Svampita inizia la lezione su Giacomo Leopardi a modo suo, cioè chiedendo a qualcuno di leggere il libro perché lei ha troppo mal di gola per parlare, pensi a come uscire da questa situazione. Justin Bomber ti ha scritto diverse volte su Instagram, ma per fortuna ha usato i messaggi privati e le Adulatrici Cospiratrici non si sono accorte di niente. Però insiste nel voler assaggiare un tuo dolce.

In un altro momento le sue attenzioni ti avrebbero fatto fare piroette di gioia. Adesso, invece, ti bloccano le gambe per la paura. Non riusciresti mai e poi mai a sopportare la vergogna di vedere pubblicata quella foto. E così, per porre fine a questo incubo, hai promesso che gli farai un dolce nei prossimi giorni. Glielo hai scritto ieri sera. E lui, dopo averti ringraziato con un emoji sorridente con gli occhi a cuore, ha smesso di inviare messaggi.

Ora però dovrai escogitare un altro piano. Perché tu quella torta non potrai mai cucinarla per Justin Bomber. Se le Cospiratrici lo scoprissero, sarebbe la tua fine. Non puoi nemmeno chiedere aiuto a Ruggero: ti imbarazza troppo raccontargli la storia della foto.

Fiduciosa che una soluzione si troverà, cerchi di distrarti. Non certo pensando a Leopardi (un bravo poeta, per carità, ma con più guai di te). Meglio concentrarsi su una nuova ricetta. C'è bisogno di più dolcezza in questo mondo.

– Rettagono, hai qualcosa da dire? – ti domanda lo Sceriffo.

– Mi spiace – sussurri.

Il prof è incredulo e rammaricato: – Tutto qui?

– ...

– Allora torna in classe, svelto.

Non c'è astio nella sua voce. Non ne è in grado. Però si capisce che lo hai profondamente deluso. Lo Sceriffo ha parlato a lungo di quei messaggi offensivi sul tuo profilo Instagram. Ha detto che proprio non si capacita di come un ragazzo serio, intelligente e simpatico come te possa aver fatto una cosa del genere. Era stupito soprattutto dalle critiche volgari che hai rivolto alle tue compagne.

La Bussola, ovvero la bassa e bionda dirigente scolastica che sa sempre indicare la strada giusta agli studenti («Filate subito in classe!») e ai professori («Siete indietro con il programma: lavorare, lavorare!»), stavolta è interdetta. Sembra davvero aver perso la... bussola.

– Un tempo mi preoccupavano i ragazzi iperattivi, quelli scalmanati e quelli che non avevano voglia di studiare – dice. – Oggi, invece, mi terrorizzano quelli troppo tranquilli. Sembrano innocui e invece, nel silenzio delle loro camerette, fermi per ore davanti a un computer, sarebbero in grado di fare scoppiare una nuova guerra mondiale!

Poi fa un sospiro e, quasi in tono di supplica, ti dice: – Ruggero, devi fare attenzione a quello che scrivi. Siete tutti così giovani, ignari delle conseguenze. Ma le vostre parole possono fare molto male alle persone. Possono aprire ferite che non si rimargineranno mai. Sei un bravo studente, non metterti nei guai.

Hai ascoltato tutto come una mummia: muto e imbalsamato. È evidente che avresti voluto difenderti e raccontare tutto. Ma il terrore di essere spinto un'altra volta in mezzo alla strada ha stravinto. E se poi la macchina non riuscisse a sterzare in tempo?

Lo Sceriffo ti blocca mentre stai aprendo la porta dell'ufficio: – Sei stato tu a prendere le mie cose dal borsello?

– Non... non credo – balbetti prima di scappare.

Rientrare in classe è altrettanto angosciante. Mentre torni al banco, non solo i Fulminati Spettinati ma anche gli altri ti inchiodano gli occhi addosso. Ti squadrano come se avessero finalmente realizzato che tu, dopo aver interpretato la parte del buono per quasi tutto il film, in realtà sei il cattivo ricercato dai servizi segreti.

Arrivato al tuo posto, però, ti blocchi. Non puoi sederti: qualcuno ha sputato sulla sedia.

E ora che fai? No, Ruggero, non fingere di non aver visto. Non dare loro anche questa soddisfazione. Chiedi all'insegnante di cambiare sedia.

Sei talmente confuso da non esserti nemmeno accorto che in classe c'è la Big Ben.

È la professoressa di inglese, alta e magra come la torre con l'orologio simbolo di Londra, famosa in tutta la Matteotti per l'inconfondibile pronuncia anglo-calabrese. La leggenda narra che la Big Ben non abbia mai messo piede in Inghilterra e che la passione per la lingua le sia venuta dopo essersi innamorata di 007 e dopo aver sognato di sposarsi con James Bond nella Cattedrale di Catanzaro.

– *Please* Rettagono, *sit down!* – ti invita a sederti.

– *Come on black cat, sit down!* – ti sfotte qualcuno. Ma sei troppo agitato per capire chi.

Resti ancora un attimo a guardare lo sputo sulla tua sedia e poi, a capo chino e con gli occhi chiusi, ti siedi.

– *Very well* – commenta la voce di prima, mentre senti ancora più forte le lacrime salirti agli occhi.

– Ti sei seduto sullo sputo! – commenta disgustato l'Amico Esotico, finita la lezione di inglese.

– Si è visto?

– Come un gol di Icardi in HD.

– Che schifo.

– Spero almeno che tu abbia detto al prof del furto d'identità!

– No – rispondi, ferito dall'ultima umiliazione.

– Perché, Ruggero? Devi raccontare quello che sta succedendo, altrimenti non la finiranno più!

– Se parlo, quelli si vendicheranno. Altro che finirla: questa storia andrà sempre peggio!

– E che cosa pensi di fare? Subire per sempre in silenzio le loro minacce? Che poi sono soprattutto minacce virtuali...

– Sì, ma la strizza è reale!

– Quindi aspetti che un supereroe venga a salvarti? Rug, devi vestirti tu da Superman e difenderti con i tuoi unici superpoteri: le parole. Devi raccontare quello che ti stanno facendo.

– Guarda il mio profilo Instagram: già ero il meno popolare della scuola. Ma che dico della scuola... ero il meno popolare di Milano e forse d'Italia. Dopo il furto d'identità mi sono rimati tre follower: tu, mamma e papà! Chissà che cos'altro sarebbero capaci di farmi. Preferisco starmene zitto e buono.

– Sbagli e te lo dimostro –. All'improvviso, l'Amico Esotico sorprende l'intera classe iniziando a raccontare barzellette ad alta voce.

– Sapete qual è la differenza tra un sacco di letame e un bullo? Il sacco!

Mentre qualcuno sorride e qualcun altro spiega la battuta a chi non l'ha capita, il ragazzino ne racconta un'altra.

E lo fa guardando fisso negli occhi GTA.

– Un cane, un gatto e un bullo vengono mandati in missione nello spazio. «Base chiama Fido, rispondi.» «Bau» risponde il cane. «Ottimo, Fido, hai allineato i rotori geostazionari in base alla temperatura dei depuratori del reattore nucleare?» «Bau! Bau! Bau!»

«Bravissimo, passami Felix.» «Miao!» «Ciao Felix, ti sei preparato alla rotazione astronomica di emergenza sulla base binaria dello svuotamento XK-98 e hai fatto rapporto?» «Miaooo! Miao, frrr! Miao!» «Eccellente come al solito. Ora passami il bullo.» «Eccomi, base!» «Hai dato da mangiare al cane e al gatto?» «Sì, mi sono ricordato!» «Meno male. E ora non toccare più niente!»

Tutta la classe sta sghignazzando e una nuova lezione sta per iniziare.

GTA, sei diventato tutto rosso in faccia.

Eh sì: sembrava proprio una storiella raccontata per sfotterti un po'. Pare che quel siriano ti consideri un imbecille. Che poi, a te cani e gatti non sono mai piaciuti...

Ma che cosa c'entra questo? Che cosa stai pensando? Come direbbe lo Sceriffo, stai andando fuori tema.

A proposito dello Sceriffo, ti è venuta un'idea niente male. E decidi di agire per "non rimandare a domani quello che potresti fare oggi", proverbio di cui ti ricordi solo prima di compiere qualche cavolata. Se si tratta di studiare, invece, il detto si trasforma in "non rimandare a domani quello che puoi rimandare a dopodomani".

Chiedi di andare in bagno e vai in cerca dello Sceriffo. Lo trovi che sta correggendo i primi temi in sala professori.

– Rubi auto anche durante l'orario scolastico? – ti domanda il prof, sorpreso di vederti.

– A casa gioco a fare il delinquente, – rispondi con sicurezza – a scuola preferisco fare il giustiziere. Ha voglia di sentire una storia?

La Divina Faina

Ore 16: la foto di un invitante semifreddo al gusto di fragola e yogurt greco, con la promessa di offrirlo a tutta la scuola appena finiti gli esami di terza media.

Niente...

Ore 17: la curiosa storia del pangiallo, più famoso come "il panettone di Roma", dove se lo pappano fin dall'epoca imperiale.

Niente...

Ore 17.30: il video dei tuoi spettacolari *grand jeté,* i salti con la spaccata in volo.

Niente...

Ore 18.10: il video dei *fouettés,* le insuperabili piroette su una gamba sola, della ballerina russa Svetlana Zacharova, étoile della Scala.

Niente...

Da due ore sei sdraiata sul tuo letto con il libro di antologia aperto a caso sulla pancia e le gambe in alto poggiate alla mensola, che prima o poi si staccherà dal muro se non smetti di usarla per fare stretching. Intorno a te c'è tutto quello che si può trovare di tecnologico nella tua cameretta dalle pareti gialle. Di scuro c'è soltanto il tuo umore: hai postato speranzosa foto e video su Instagram, ma nessuno dei tuoi follower ha messo cuoricini né scritto messaggi di apprezzamento.

– E poi criticano la scuola di oggi! – ti prende in giro Mamma Ologramma. – Cristiana, non pensi anche tu che invece state ricevendo un'istruzione geniale? Vi insegnano a mandare messaggi, navigare su Internet, aggiornare i social, guardare la Tv e studiare... tutto nello stesso istante!

Questo lunedì è rientrata dal lavoro prima del solito. Un evento! Avvocato penalista, super impegnata, ricorda un'immagine tridimensionale registrata in precedenza: un ologramma, appunto. A te sembra che ci sia, invece è un'illusione ottica. Perché con la testa è sempre da un'altra parte, e cioè al lavoro sulle sue appassionanti cause.

Lei ci prova a starti dietro. Anzi, si sente in colpa per essere così poco presente. Ma l'amore per la sua professione la consola in fretta.

– Belle le spaccate volanti! – commenta l'Ologramma.

– Si chiamano *grand jeté* – la correggi, infastidita.

– Che differenza fa? Ho visto il video mentre salivo in ascensore. Vorrei sempre fare un fermo immagine e scattare la foto nel momento in cui fai la spaccata volante...

– Il *grand jeté*!!! – strilli.

– Vabbe', quello. Ma poi non ho mai tempo.

– Non hai un secondo nemmeno per mettere un like? – chiedi sempre più nervosa.

– Ma te l'ho appena detto che mi è piaciuto il video!

– Appunto, potevi mettere un like!

– Che differenza fa? – ribatte confusa Mamma Ologramma.

– Fa una bella differenza. Una gran bella differenza!

Vorresti metterti a piangere. Possibile che tua madre non capisca quanto sia preoccupante per te ottenere così pochi like e perdere quel minimo di popolarità che ti eri conquistata sui social?

Ma tu a dire il vero non piangi mai.

Anzi, ti sei sorpresa spesso nel vedere le amiche commuoversi per un film o per una canzone. Per non parlare dell'Amica Allergica, che inondò la tua stanza di lacrime di gioia quando la invitasti a trascorrere qualche giorno con te dai nonni a Roma.

Invece tu sorprendi gli altri quando racconti che

non piangi mai. Nemmeno ricordi l'ultima volta che ti è capitato. Mah... forse sei stata programmata senza lacrime. O forse è proprio per questo che si stanno allontanando tutti: sei troppo fredda!

Che idee ti fai, Cristiana? Non puoi credere di essere tu quella sbagliata. Sei caduta in trappola, ma non per colpa tua. Le Adulatrici sono solo invidiose di te. È assurdo pensare che ci sia un motivo così futile dietro a tanta cattiveria. Ma è proprio così.

– Il forno è libero o si mangia una torta anche stasera? – chiede Papà Altolà, rientrando in casa.

– Libero! Ora metto a scaldare le pizze surgelate – annuncia l'Ologramma dandogli un bacio.

– Caspita, ma una cena normale mai? – sbuffa lui abbracciandola.

– Scusa, ho dovuto fare delle telefonate e non ho avuto tempo di cucinare.

– Sapete qual è la beffa? Mostro sempre le foto delle torte di Cri ai miei colleghi e ormai sono tutti convinti che ogni sera mangi meglio che al ristorante di Cracco!

– Non potresti dire ai tuoi colleghi di mettere un like ogni tanto? Dopotutto qualche dolce è finito anche nelle loro grosse pance – intervieni, piccante come un peperoncino.

– Buonasera farfallina mia, non mi sembri di buon umore – nota Papà Altolà.

– Sapessi che giornataccia...

– Dopo me la racconti, vado a togliermi la cravatta. Riprenderà a strozzarmi domattina.

Eccolo qua, sempre uguale. Appena papà intuisce che c'è qualcosa che non va... Altolà! Ferma tutto e fa lo slalom tra i problemi, evitandoli meglio di uno sciatore. Insomma, un padre esemplare finché le cose filano lisce. In caso contrario, meglio rivolgersi altrove.

Durante la cena, Mamma Ologramma mangia la pizza con una mano e risponde alle e-mail con l'altra, mentre papà guarda le ultime notizie sul calciomercato in Tv. Nessuno dei due nota che la tua pizza è ancora intatta nel piatto. Ne tagli due belle fette e ne metti una ciascuna nei piatti dei tuoi, che non si accorgono di nulla e divorano anche quelle. Mangiano distratti dai loro interessi, senza nemmeno immaginare che tu non hai toccato cibo.

Fame ne hai, e anche parecchia. Però la pizza fa ingrassare. E dopo quello che ti hanno detto a scuola sulla pancia...

Te ne vai nella piccola ma ben attrezzata cucina in cerca di uno yogurt, quando avverti il calore del forno.

«Peccato non avere niente da infilarci dentro» stai pensando. Poi, all'improvviso, ti senti travolgere da una vampata di entusiasmo.

«Ma certo! Come ho fatto a non arrivarci prima?» ti dici raggiante.

Che sguardo soddisfatto, Cristiana: hai il piano che risolverà i tuoi guai.

– Senti questa: «Dottore, ho il sospetto di poter prevedere il futuro!» «Da quando le succede?» «Da venerdì prossimo!». Ah! Ah! Ah!

– Ma è tremenda – esclama l'Amico Esotico. – Ti prego, Rug, basta!

– Ok, ho finito tutte le battute che avevo in serbo...

– Meno male.

– Ora ti dico quelle in croato!

E giù altre risate.

– Anche questa è di Daniele Doesn't Matter? – chiede il siriano.

– Sì. E anche quest'altra: «Sai perché la mia app è triste? Be', l'ho appena scaricata!». Ah! Ah! Ah!

– Questa era carina – ammette.

– Ma non devi ridere, queste sono *Le battute che non fanno ridere*! – gli spieghi.

Da quando l'Amico Esotico ha raccontato quelle sui

bulli, sei entrato in modalità barzelletta. E ti sei distratto guardando i video del tuo youtuber preferito in cui elenca quelle terribili raccontate da certi “simpaticoni” che ti costringono pure a fingere di esserti divertito un mondo. Solo che alcune sono talmente stupide, ma talmente stupide che fanno ridere per davvero!

Ecco Cristiana che sale sull'autobus. E trova la sorpresa.

– Vedo doppio o siete davvero in due questa mattina? – chiede accomodandosi sul sedile davanti a voi e facendo bene attenzione alla scatola che tiene in mano.

– A scuola sono diventato troppo importante e ora mi muovo solo con la guardia del corpo – le rispondi.

In realtà l'Amico Esotico è venuto a dormire da te perché ormai, con tutti i messaggi che arrivano sul tuo telefonino, non ti senti più tranquillo nemmeno a casa. Ogni *din din* del tuo cellulare ti fa sentire come Handanovic dopo una papera. Solo che il portiere dell'Inter non sbaglia quasi mai, mentre tu hai paura che ti insultino e ti tirino i petardi anche in camera.

– Che hai là dentro? – domanda il siriano a Cristiana.

– Oh, solo una torta – dice lei timidamente.

– Per chi è? – insiste curioso.

– ...

– Lo so io per chi è! Sai quello biondo col vizio del

gol? – spieghi alludendo chiaramente a Justin Bomber.

– Per caso intendi quello che sta seduto davanti al mio banco? – rincara l'Amico Esotico.

Poi ti accorgi che Cristiana è diventata tutta rossa e allora spari l'ultima cartuccia: – Cri, hai mai visto una torta far... cita?

– Una torta farcita? Certo!

– E una torta far... Tarzan? – chiedi scoppiando nuovamente a ridere.

– Rug, ti serve un medico. Ma uno super bravo! – esclama la ballerina, incredula che tu stia sghignazzando per una simile stupidaggine.

Arrivati a scuola, dopo che Cristiana vi ha salutato allegramente e si è diretta verso la 3ªC, confessi tutto serio al tuo compagno: – È in momenti come questo che mi pento di non aver ascoltato quello che mi diceva mia madre.

– Perché, che cosa ti diceva?

– E che ne so, non ascoltavo! Ah! Ah! Ah!

– E io che mi sono pure preoccupato.

– Ci sei cascato ancora!

– Ruggero, non ti insulto solo perché, così basso e con lo zaino di Dragon Ball, sembri un bambino delle elementari! – ti avverte l'Amico Esotico fingendo di volerti strozzare.

Nonostante il freddo di questo inverno polare, l'interno del *Kiosko* ti riporta immediatamente all'estate, con i suoi colori caldi e le tavole da surf appese alle pareti. I camerieri indossano camicie hawaiane e sopra al bancone del bar si spegne e si accende la scritta ALOHA. Il pezzo forte del vostro locale preferito è la sala riservata alle feste, che al posto del pavimento ha della sabbia vera! Il vero divertimento per voi ragazzi, però, è il jukebox. Identico a quelli di quando erano giovani i vostri nonni. Inserendo venti centesimi potete scegliere le canzoni che preferite. Che però non sono quelle dei nonni, ma quelle che passano alla radio oggi.

È qui, al *Kiosko*, che venite a pranzo quasi tutti voi studenti della Giacomo Matteotti quando uscite alle due. Come succede oggi alla tua classe, Cristiana, la 3ªC.

Le Adulatrici Cospiratrici al completo uniscono due tavolini in fondo al locale, così da poter tenere sotto controllo chi entra e chi esce. Magre come sono, si muovono agilmente tra gli spazi stretti. Tutte tranne una: l'Amica Allergica. La sua presenza ormai fissa provoca continui sbuffi tra le ragazze, che se la ritrovano costantemente tra i piedi senza capirne la ragione. La più infastidita è la Divina Faina: mostrarsi in pubblico con una così paffuta non fa guadagnare like.

Ma oggi il gruppetto ha altro per la testa. Qualcosa di

imprevisto sta per accadere e le ragazze sono curiose di scoprire di che cosa si tratti. Intanto, ordinano le solite insalatone: tonno, pomodori e mais. Senza condimento, perché fa ingrassare.

Questa mattina le aveva molto seccate vederti entrare in classe così sorridente. Ma quando sei andata dalla Faina chiedendo se potevi aggregarti a loro dopo scuola per parlarle di una cosa, lei ti ha subito risposto di sì. Impossibile resistere alla curiosità. E ora la boccolosa Divina smania per sapere che cosa sarai disposta a concedere pur di evitare che quella foto scabrosa venga pubblicata.

Sedute al loro posto, ti osservano entrare titubante e con una grossa scatola in mano. Ti guardi intorno finché non avvisti la scritta PEACE AND LOVE pennellata sulla parete e, subito sotto, le espressioni tutt'altro che pacifiche delle tue compagne. Di spalle riconosci la sagoma dell'Amica Allergica, con cui non hai mai più parlato. E per poco non viene il mal di pancia a te dal dispiacere.

– Che c'è in quella scatola, Saitta? – domanda la Faina, senza darti nemmeno il tempo di arrivare al tavolo.

– Ecco... – cominci, talmente in imbarazzo che resti in piedi. – Ho riflettuto molto su quanto è accaduto negli ultimi giorni e ho pensato che... non so... forse l'agitazione per l'esame alla Scala... come posso dire...

– Dillo e basta! – incalza la Wrestler, spazientita, mentre si lega i lunghi capelli con la bandana.

– Sì, certo. Insomma, stavo spiegando... cioè, quello che volevo dire...

Mantieni la calma, Cristiana.

– Mi sono accorta che ultimamente devo esservi sembrata davvero insopportabile, tutta presa dai miei impegni – riprendi mentre ti sudano le mani. – Penso sia anche per questo che avete iniziato a trattarmi male e...

– Trattarti male! Ma senti... – la Cicala si diverte a interromperti, stuzzicata dalla tua agitazione.

– Be', non volevo dire che mi avete proprio trattata male. È che, insomma, quella storia della foto mi ha molto innervosita. E poi io adesso non ho tempo per i ragazzi, perché devo concentrarmi sull'esame, quindi... dovete stare tranquille, capito?

– No, non ho capito proprio niente. Soprattutto non ho capito che cosa cavolo c'è in quella scatola – taglia corto la Faina.

– Una torta... Sì, una torta fatta apposta per voi. È la caprese, un dolce al cioccolato che non può non piacervi!

– Cri, ma che...? Terribilissimo, non ce la posso fare! *Eeetcììì* –. L'Amica Allergica ha già iniziato a sentirsi male.

– Ho pensato di scusarmi così se vi sono sembrata

scortese nelle ultime settimane. Davvero, non volevo. E chissà, magari potreste eliminare la foto dai vostri...

– Ma che gentile! – ti blocca la Faina. – Una torta al cioccolato tutta per noi! Facciamoci portare subito un coltello perché non vedo l'ora di assaggiarla.

– La caprese è il mio dolce preferito – le fa eco la Bionda Nauseabonda, che non ha capito dove vuole andare a parare la Faina. Ma si fida e le regge il gioco.

Mentre l'Amica Allergica è stata spedita a prendere un coltello, tu hai aperto contenta la scatola e messo la torta sul tavolo. Pronta a offrirla alle tue compagne. Speri davvero che questo possa bastare a far cancellare la foto dai loro telefonini.

– Ne voglio una fetta bella grande, per favore – ti supplica la Faina, mentre ti porge il piatto.

Sorpresa dalla golosità delle tue compagne, ne dai un pezzo abbondante anche alla Wrestler, alla Cicala, alla Principessa Lessa, alla Bionda Nauseabonda, all'Acidella. E, sì, pure all'Amica Allergica. La prima che ne infila in bocca un bel pezzo.

– Tu non la mangi? – ti chiede preoccupata la Divina, mentre sbatte i suoi occhioni da cerbiatta.

– Be', no. Come vi ho detto, mi piace più cucinare che mangiare. E poi è meglio se non prendo peso in questo periodo.

– Non ce la posso fare, è troppo buona! – commenta ingenuamente l'Amica Allergica.

La Faina si sistema da un lato i capelli biondi, si alza e si avvicina a te sorridendo. Tutte le altre la osservano con attenzione mentre si muove sicura sui suoi nuovissimi stivaletti da biker. Sta girando proprio intorno alla sedia della tua ex migliore amica quando improvvisamente inciampa. La Faina riesce a rimanere in piedi ma il piatto con la tua torta finisce a terra.

– Che peccato! – esclama con tono malizioso. – Volevo che la assaggiassi, Cri, perché non puoi perderti una simile squisitezza.

– Che problema c'è? Le faccio assaggiare la mia – interviene la Wrestler alzandosi a sua volta.

L'Amica Allergica smette di mangiare. Ha il sospetto che anche lei inciamperà nella sua sedia... cosa che infatti avviene pochi secondi dopo.

Ora le fette di torta a terra sono due.

– Che disastro! – commenta divertita la Faina.

Una dopo l'altra, tutte le fette scivolano intere sul pavimento del *Kiosko*.

Ora sai con certezza che il tuo piano è fallito e che, soprattutto, la foto resterà sui telefoni delle tue compagne. Quello che non sai, invece, è che lo spettacolo è appena iniziato...

– Adesso come farai ad assaggiarla, povera Cristiana? – domanda la Cicala.

– Be', un'idea ce l'avrei... – suggerisce la Faina. – Puoi mangiarla da terra!

– Che cosa? Terribilissimo! Non ce la posso fare.

L'Amica Allergica non immaginava che le ragazze sarebbero arrivate a tanto.

– Non importa, posso anche non assaggiarla – rispondi con le gambe che ti tremano mentre provi a sederti.

Ma la Wrestler ti sfila velocemente la sedia da dietro, lasciandoti ruzzolare sul pavimento.

– Che brava, Cri, ti sei già accomodata! – infierisce la Faina.

La Principessa Lessa tira fuori il suo cellulare e ti fa rivedere la foto del ricatto. Poi ti consiglia perfida: – Se fossi in te, mangerei un po' di torta. Altrimenti...

Ormai, Cristiana, sai di non avere scampo. E mentre stai per addentare un pezzo della torta che avevi preparato con tanta speranza, vieni bloccata.

– Aspetta, ballerina da quattro soldi. Così non è abbastanza buona – dice la Principessa Lessa, rovesciando un po' di tonno sul dolce.

– Ottima idea, brava. Visto come siamo premurose con te? Altro che trattarti male – precisa la Faina.

Per alcuni, interminabili minuti resti inginocchiata

a terra a mangiare la tua torta con l'aggiunta prima del tonno, poi dei pomodori e infine pasticciata con il mais e la Coca Zero, che ti hanno versato anche sui capelli. Una tortura ovviamente ripresa dai cellulari delle ragazze, che ora hanno nuovo materiale per ricattarti.

– Come ti è venuto in mente di farci una torta al cioccolato, brutta scema? – inveisce l'Acidella. – Non vogliamo mica diventare grasse come te!

– Non era per noi la torta. Cristiana è una falsa! L'aveva preparata per qualcun altro. Solo che lui adesso non se la fila più e lei ha pensato bene di rifilarla a noi – spiega perfida la Principessa Lessa.

La nausea è fortissima e il solo pensiero di tornare a casa con l'autobus ti fa stare male. E poi non vuoi incontrare nessuno. Così ti avvii a piedi tagliando per il parco, nonostante la temperatura sotto zero.

In questo momento, però, sei troppo sconvolta per avvertire il gelo. Non senti nemmeno il telefonino che squilla ripetutamente: è Madame Arabesque, che vuole sapere come mai non sei andata a lezione di danza.

Cammini in stato di trance, sussultando solo per gli spasmi del tuo stomaco.

Sta iniziando a nevicare. Per fortuna nel parco non ci sarà nessuno. Appena vedi una panchina ti ci butti sopra, tenendoti la testa con la mano destra e la pancia con la sinistra. Possibile che non ci sia niente che puoi fare per svegliarti da questo incubo? Ti ripeti la domanda da almeno mezz'ora, mentre il telefono continua a squillare e il *toc toc* segnala l'arrivo di diversi messaggi.

Ma non ti viene in mente nessuna soluzione.

– Finalmente la mia torta è pronta!

Sobbalzi come se avessi visto un mostro. Chi ha parlato? Chi ha il coraggio di nominare una torta?

– Scusa, Cri, non volevo spaventarti.

Justin Bomber, in divisa da calciatore e con un borsone, si inginocchia subito per capire se stai male.

Una fitta all'addome ti provoca una smorfia di dolore e ti impedisce di parlare. Oltretutto, ti domandi esasperata perché il ragazzo doveva apparire proprio ora, proprio lì, proprio sotto la neve. Sanno tutti che va sempre agli allenamenti in scooter con suo padre.

– Cristiana? Stai bene? – chiede preoccupato Justin.

– Sì, sì. Sto bene – provi a convincerlo mentre ti alzi cercando di allontanarti, prima che arrivi un'altra fitta. Evitando anche di guardarlo in faccia. Hai paura che dal tuo sguardo capisca l'orrore che hai appena vissuto.

– Perché scappi? – prova a fermarti lui. – Mi ha detto Ruggero che oggi avevi portato una torta per me.

– Non era per te, mi spiace – rispondi sbrigativa.

Ma il Bomber ti marca stretta come fa in campo con gli avversari: – Però Ruggero ha detto...

– Io non ho mai detto a Ruggero di aver fatto una torta per te! – rispondi quasi urlando di rabbia mentre ti accorgi che... No dai, non ora. Nooo, non con lui qui...

BLEARGH!!!

Cavolo, Cristiana! Hai vomitato davanti al Bomber!

E il bel calciatore non sa che fare. È paralizzato da quei rumorosi conati, disgustosi quasi quanto quel pasticcio di cioccolato, tonno e mais che hai appena riversato accanto al suo borsone da calcio.

Fisicamente ti senti un po' meglio, dopo esserti liberata di quello schifo che ti hanno costretta a mangiare dal pavimento. Ma nello spirito sei ancora più ferita. Quest'ultima umiliazione ti ha inflitto un altro durissimo colpo. E ora vorresti solo sparire.

– Cri, posso fare qualcosa? – ti chiede dolcemente il Bomber, restituendoti la borsa con i libri.

– No, grazie.

– Dai, ti accompagno a casa – insiste.

– No, dico davvero. Lasciami in pace!

E te ne vai senza avere il coraggio di controllare la sua reazione. Meglio, perché sarebbe stata un'ulteriore sofferenza vedere il calciatore che ti fissa deluso e amareggiato, lì impalato accanto al tuo vomito.

L'Amico Esotico

Al suo rientro a casa, Mamma Ologramma ti trova rannicchiata sul letto, con la giacca ancora addosso e lo zaino buttato a terra.

– Non ti senti bene, Cri? – si informa sdraiandosi accanto a te e stringendoti forte le spalle.

Quell'abbraccio amorevole ti convince, è quello di cui avevi bisogno. Chi più di una madre può darti una mano a superare questo momento? In fondo ha avuto tredici anni anche lei e saprà sicuramente consigliarti.

Ti godi le sue carezze ancora per qualche istante e appena la senti chiederti ancora che cosa non va, ti lasci andare.

– *Tutto* non va, mamma. Sto malissimo.

– Che cosa succede?

– Non sto male fisicamente, è un problema diverso.

– Dimmi, cucciolo mio, ora ci sono qua io.

– A scuola mi stanno...

DRIIINNN!

È il cellulare della mamma che squilla. Come al solito.

– Per favore, ascoltami! – la supplichi.

– Certo, Cri, vedo solo chi è. Se non è importante, non rispondo... Ah, mannaggia! Abbi pazienza, ci metto un attimo.

Nei venti minuti successivi, Mamma Ologramma ha fatto altri due tentativi di parlarti. Finiti tutti nello stesso modo: al telefono c'è sempre un cliente importantissimo.

– Scusami cucciolotta, lo sai che in queste settimane sto seguendo un processo molto delicato. Devo essere sempre raggiungibile al telefono. Ma ti giuro che dopo cena lo spegnerò e sarò tutta per te.

Quando rientra Papà Altolà, ti trova nella stessa posizione.

– Che cosa succede, farfallina? Stai male?

– Sì, papà.

– Hai la febbre? Hai preso freddo? Se vuoi ti porto un'aspirina.

– No, papà. È che a scuola ho un problema con alcune compagne che...

Altolà, niente problemi con lui: – Capisco. Alla tua età è normale litigare con le amiche. Ma non devi dare troppa importanza a questi episodi, si risolve tutto più in fretta di quello che pensi. Vuoi un consiglio da uomo? Parlane con una donna! Vedrai che la mamma ti darà le dritte giuste. I papà sono sempre un po' pasticcioni in questi casi, soprattutto la sera in cui si gioca la Champions League!

In questo momento hai una sola certezza: hanno ragione quelli che dicono che i genitori non capiscono niente di voi ragazzi! E mentre incassi l'ennesima delusione, dai un'altra occhiata ai social: hai il terrore che la Divina Faina e le Cospiratrici possano pubblicare il video del tuo infernale doposcuola al *Kiosko*.

Ancora nauseata, resti a letto e salti la cena. L'ultima volta che l'Ologramma è entrata nella stanza per parlarti, hai finto di essere già addormentata. Non avresti sopportato l'ennesima interruzione.

«Cucciolo mio, sono qui. Senza cellulare!»

«...»

«Stai già dormendo?» ti ha domandato a bassa voce. Poi, rimasta senza risposta, si è seduta sul tuo letto e ti ha accarezzato i capelli per un po'. Sei stata tentata di confessare che in realtà eri sveglissima. Ma hai temuto di sentire ancora lo squillo del suo telefonino, ormai diventato il suono della distanza tra voi.

Ora che sei di nuovo da sola, controlli i social ogni dieci minuti. Poi, alle 21.30, smetti di farlo. Non serve più, infatti. Eccolo lì.

La prima a postarlo su Instagram è la Wrestler, che tagga tutte le altre. Inclusa l'Amica Allergica. Inclusa te.

In preda al panico, clicchi per controllare che cosa si vede, poi cancelli subito quell'orrendo video dal tuo profilo. Mentre su quello delle ragazze cominciano ad apparire emoji disgustati. Ma nessuna faccina può rendere l'idea di quanto sia disgustata tu.

Combattere da sola questa battaglia sarà impossibile, ormai ne sei convinta. Così come sei certa di non poter contare sull'aiuto di nessun alleato: i tuoi genitori non sembrano disposti ad arruolarsi al tuo fianco e la tua ex migliore amica ha disertato ed è passata al nemico.

Quando il cellulare ha finalmente esaurito la batteria, decidi di non rimetterlo in carica. Anzi, lasci che si spenga anche il tablet. Poi ti alzi e prendi il portatile. Attraversando in punta di piedi il lungo corridoio che separa la cameretta gialla da quella dei tuoi genitori, cerchi la borsa da lavoro di Papà Altolà e ci infili dentro il computer. Almeno domani se lo porterà in ufficio e non avrai la tentazione di accenderlo.

Ora non ti resta che mettere il termometro sulla lampadina e far salire la temperatura fino a trentanove gradi. Poi lo lasci in cucina, in bella vista accanto alla macchinetta del caffè, con un breve messaggio: *Mami, ho la febbre. Domattina lasciami riposare.*

Non hai dubbi, ci cascherà. Con l'esame di danza che si avvicina, non rischierà mai di farti stare male. Soprattutto per non dover affrontare i rimproveri della severissima Madame Arabesque.

Ecco: soddisfatta della tua decisione di sparire sia dai social sia da scuola, ti infili il pigiama e ti prepari per una lunga, angosciante notte in bianco.

Sei alla sua fermata, che poi è quella dopo la tua. Ma Cristiana non è salita. Oggi non c'è.

In fondo te l'aspettavi, Ruggero. Ti sei sentito male per lei quando questa mattina l'Amico Esotico ti ha girato il link del video di lei che mangia sul pavimento del *Kiosko* quel che resta della sua torta, annacquata di Coca Cola e mischiata a chissà cos'altro. Non si sentono parole perché come sottofondo musicale è stata messa la vecchia canzone *Gelato al cioccolato* di Pupo. Quello che si avverte perfettamente, anche senza voce, è il senso di imbarazzo e rassegnazione di Cristiana.

Le hai mandato subito un WhatsApp: *Come stai, ballerina?*

Non ha mai risposto.

Dall'autobus scrivi anche all'Amico Esotico: *Povera Cri! Sai perché ha accettato di fare una cosa del genere? Chi ha postato il video?*

Non so nulla, Rug, ma sono pronto a scommettere sulle Winx scrive lui.

Le Winx?! digiti sul tuo smartphone.

Sì, quelle fate delle sue compagne. Sono perfide.

Come previsto, a scuola in parecchi hanno visto il video di Cristiana e i ragazzi sono divisi nei giudizi. C'è chi la ritiene vittima di un brutto scherzo e chi, al contrario, la considera disposta a tutto pur di ottenere qualche like in più.

Tu che la conosci sai che non arriverebbe mai a mortificarsi così per esibizionismo. Eppure sei amareggiato perché non la puoi difendere dai commenti più cattivi, ancora incapace di fornire spiegazioni al suo gesto.

Con questo stato d'animo ti prepari all'ora di educazione fisica. Le ragazze resteranno in palestra, mentre i ragazzi approfitteranno finalmente di un po' di sole per fare una partitella a calcetto sul campo esterno.

GTA e Justin Bomber, i più forti della classe, saranno i capitani e potranno selezionare a turno i giocatori della propria squadra.

Consapevole che non verrai mai scelto da GTA, aspetti di sentir chiamare il tuo nome dalla bocca del

Bomber. Però il biondino sta selezionando anche quelli notoriamente meno forti di te, evitandoti di proposito.

Sei rimasto l'ultimo: non ti ha scelto nessuno. Su invito dell'Amico Esotico, il Bomber fa il gesto di chiamarti con il braccio mentre guarda da un'altra parte.

Alza le spalle interdetto anche il siriano, colpito quanto te dal voltafaccia del giovane campione. È evidente: ce l'ha proprio con te. Ma per quale motivo?

Non puoi sapere, Ruggero, che il calciatore è arrabbiato perché gli hai mentito sul dolce di Cristiana. E quando lei ha risposto innervosita negando tutto, il Bomber si è sentito ferito, umiliato e preso in giro. Anzi, per la rabbia si è addirittura convinto che tu lo abbia fatto apposta, per ridicolizzarlo agli occhi della ballerina. Probabilmente perché, ha pensato, lei piace anche a te.

La partita è iniziata da pochi minuti quando viene interrotta da un'invasione di campo... La Bussola compare nel bel mezzo di un'azione e si impossessa della palla! Poi cerca con lo sguardo l'Amico Esotico e, veloce e precisa come l'ago della bussola che indica sempre il nord, lo invita a seguirla in direzione, lasciando ricadere il pallone a terra. È il segno che potete riprendere a giocare, anche se non lo fate immediatamente. Prima vi interrogate su che cosa possa volere la dirigente scolastica dal siriano. L'unico che non sembra curioso è

GTA, che vi sollecita a riprendere la partita, spazientito ma soddisfatto.

– Bravo Terrorisis, adesso hai anche vinto un paio di giorni a casa – lo sfotte il Gran Tamarro Arrabbiato.

Già, perché nello zaino dell'Amico Esotico sono state "casualmente" trovate tutte le cose rubate allo Sceriffo.

– Pare ci sia stata una segnalazione anonima, così mi hanno controllato la cartella. Come se fossi tanto stupido da portarmi in giro il materiale trafugato dal borsello del prof – ti aggiorna il tuo amico.

– Hai provato a spiegargli che non sei stato tu?

– Certo Rug, ho detto che sicuramente qualcuno di quelli che mi chiamano Terrorisis ha voluto fare un "attentato" contro di me.

– Allora perché ti hanno sospeso per due giorni?

– Perché non ci sono prove sugli altri. Quindi, anche se hanno ritenuto credibile la mia spiegazione, l'unica certezza è che quegli oggetti erano nel mio zaino.

– Lo vedi? Ho ragione io: confidarsi con gli adulti non serve a niente. Puoi solo peggiorare le cose – ribatti, sempre più convinto che un intervento dei genitori non migliorerebbe la tua situazione.

– *Metti insieme un ladro e un portasfiga,/e come minimo perderai tutti i tuoi giga./Se poi vedi avvicinarsi questa coppia/allora frate', scappa! Qui si scoppia./Bum, bububù, bum-bù!/Bum, bububù, bum-bù!*

Never Repper ripete la sua ultima composizione molleggiando e perdendo gli occhiali. Poi, rivolto verso di voi, commenta entusiasta: – Ehi, raga, questa mi è venuta da paura! Sono veramente un genio incompreso.

– Come idiota, invece, sei compreso da tutti – commenti incapace di trattenerti. Poi tu e l'Amico Esotico vi allontanate velocemente per evitare altri guai.

Al centro del vostro scambio di messaggi, stasera, c'è la forte tentazione di picchiare quel rapper da strapazzo.

Almeno se stavolta mi sospendono sarà per un motivo giusto e meritato! scherza l'Amico Esotico, aggiungendo emoji sorridenti.

Mentre usi il cellulare per chattare, con il tablet cerchi di vedere se c'è un nuovo video di Daniele Doesn't Matter. Magari vi fate qualche altra risata insieme.

È così che ti accorgi di una notifica. Ti è arrivata una domanda su ASKfm.

Anzi, controllando attentamente ti rendi conto che è partito proprio un nuovo sondaggio. La domanda, posta da un autore anonimo, è questa: *Qual è stata la volta in cui Ruggero Gattonero ti ha portato più sfiga?*

Giri tutto all'Amico Esotico, mentre senti un calore

che ti parte dalla pancia e sale fino alla gola. Poi il respiro inizia a farsi corto. Ti sembra di soffocare. Ora stai anche tremando.

Questo è chiaramente un attacco di panico. Avanti, Ruggero, cerca di riprenderti!

È evidente che non ti senti più al sicuro nemmeno a casa. Da giorni provi delle strane sensazioni: ogni volta che ti arriva un messaggino, hai paura di guardare il telefono. E, quando osservi i tuoi coetanei, fai subito il confronto con te stesso: troppo piccolo, troppo esile e troppo bravo a scuola. Insomma, un insopportabile saccente che cerca di mortificare gli altri con i suoi voti alti.

Intanto, scioccato dall'ultima cattiveria nei tuoi confronti, hai dimenticato di controllare che cosa ti ha risposto il siriano.

Una gran brutta storia, Rug, mi dispiace. Come stai?

Sono in trappola. Non ho scampo rispondi disperato.

Ma che dici? Se sono riusciti a farti sentire in trappola è perché tu hai deciso di dar loro ragione. Stai sbagliando amico mio. Rifletti: loro ridono di te perché sei diverso, invece dovresti ridere tu di loro perché sono tutti uguali!

Questo lo fa un supereroe al cinema. Io finisco sotto una macchina! ribatti arrabbiato.

Non finisci sotto una macchina, Rug. Perché hai i superpoteri per difenderti da solo. Te l'ho già detto: PARLA!

La Svampita

Quanti giorni sono passati? Non ricordi. Però, dopo un lungo distacco, hai improvvisamente voglia di riaffacciarti su Instagram. Hai tentato di dimenticare i tuoi incubi incollandoti per ore davanti alla televisione. Speravi di distrarti. Di nascosto dai tuoi, lo hai fatto anche di notte. Perché è quello il momento più duro, Cristiana: quando tutto intorno a te diventa tranquillo, tu scendi all'inferno.

Tuttavia, la cura Tv-a-tempo-pieno non ha funzionato, così ti riaffidi speranzosa ai social. In fondo, la lontananza da scuola ti fa sentire più leggera. Anche se l'idea di rivedere quelle ragazze ti catapulta di nuovo sotto un mare di silenzio.

Chiudi gli occhi per qualche secondo, fai un lungo

sospiro, poi ti convinci a digitare la tua password sul telefonino.

Zero. Nessun nuovo messaggio. Il tuo ultimo post è ancora il video dell'étoile russa, che nel frattempo ha raccolto un solo cuoricino. E chi poteva metterlo se non la Sballerina, la tua compagna di danza completamente fuori di testa?

Per Halloween, ad esempio, voleva mascherarsi da mummia danzerina. Così ha indossato lo stesso tutù che avrebbe poi dovuto usare per lo spettacolo di Natale e lo ha riempito di chiazze di Coca Cola che poi non sono più andate via. A detta di tutti, la sua esibizione nello *Schiaccianoci* è sembrata particolarmente... frizzante.

A proposito, hai saltato altre tre lezioni con Madame Arabesque e una prova speciale della variazione del *Don Chisciotte*. L'altra sera hai sentito Mamma Ologramma rispondere a una telefonata della maestra di danza, però non sei riuscita a capire che cosa si stessero dicendo. E comunque non è durata molto, perché a tua madre è squillato il cellulare e ha dovuto interrompere la comunicazione.

L'Ologramma si è molto preoccupata per la tua salute, ma sembra che si sia completamente dimenticata della conversazione che avete iniziato l'altra sera. Né tu hai più avuto la tentazione di confidarti ancora con lei.

Delusa, stai per disconnetterti da Instagram quando ti cade l'occhio sull'icona di ThisCrush. Decidi di dare un'occhiatina anche lì. Quel social permette di inviare messaggi anonimi di ogni tipo, e il numero di persone che ne fa uso cresce vertiginosamente: offendere gli altri senza metterci la faccia è diventato lo sport più praticato dai vigliacchi. Che sono tanti, troppi!

Alcuni di loro sono stati colti dall'urgente necessità di dirtene due sulla tua performance al *Kiosko*.

Mi hai fatto vomitare.

Il mio cane usa la ciotola. Fattene comprare una anche tu, cagna!

Schifosa.

Ho il pavimento di casa sporco. Vuoi dargli una leccatina?

Volevi farti notare? Abbiamo notato solo che sei ripugnante.

Avresti voglia di rispondere a tutti. Non per ricambiare gli insulti: non è nel tuo stile. Vorresti solo chiedere perché non hanno il coraggio di firmarsi.

Ma ottenere una reazione furiosa è l'unico motivo per cui certa gente offende senza pietà. Alcuni di loro, a dire il vero, non si rendono nemmeno conto di quanto feriscono. Se vedessero la tua espressione ora, forse qualcuno si pentirebbe e ti chiederebbe scusa. Ma difficilmente succederà: il mondo virtuale nasconde le emozioni dietro uno schermo.

Alla fine decidi di rispondere a un messaggio anonimo. In realtà è l'unico che non ti ha offesa, ma è anche il solo che hai riconosciuto.

Che cosa succede alla mia Kitri? Se hai bisogno, ci sono. Firmato: *Basilio*.

Justin Bomber ha fatto in modo che solo tu potessi capire il messaggio. Ti ha voluto dimostrare che ti è vicino, ma è stato ben attento a non farlo sapere agli altri.

Il vero Basilio non è un vigliacco. Lui difende Kitri senza nascondersi gli scrivi di getto, furibonda.

Ma la tua rabbia dura poco, come al solito. Anche perché nel frattempo ti è venuta un'altra idea.

Corri in bagno, dove rimani per cinquanta minuti esatti. In quel tempo hai colorato e poi cancellato il tuo viso per quattro volte. Ammettilo, Cristiana: i segreti di bellezza restano per te ancora molto, molto segreti. Sei un vero disastro! Ma ora, dopo tanto lavoro e due dita bruciate con la piastra rovente di Mamma Ologramma, sei riuscita a ondulare un po' i tuoi lisci capelli a caschetto. Ti piaci, ti vedi meno bambolina. Alla fine non è male nemmeno il trucco: la matita nera intorno agli occhi fa risaltare il loro verde e il rossetto rosso fa sembrare bianchissimi i tuoi denti.

È il momento di passare all'azione. Impugni decisa il cellulare e inizi a scattare selfie esibendoti in smorfie da star del cinema, esattamente come fanno le Adulatrici. Scelte quelle in cui ti senti meno ridicola, le posti su Instagram.

Il tuo piano è molto semplice: cancellare dai social la cuoca e la ballerina, cioè quella che sei realmente. Così potrai diventare come tutte le altre "piccole donne". Niente a che vedere con le protagoniste di quel libro famoso, però. Anzi, a giudicare da come si vestono le tue compagne, è più opportuno parlare di "piccole gonne".

– Cristiana, nooo, da te non me lo sarei aspettata! –. Quando Mamma Ologramma rientra in casa è piuttosto nervosa.

Ma tu di più.

– Che cosa ti è saltato in mente? – continua. – In quelle foto sembri una ventenne! Che poi voi ragazze dovete spiegarmi perché vi fate sempre i selfie in bagno, con il rotolo di carta igienica in bella vista!

– E tu dovresti spiegarmi perché non mi metti mai un like! – replichi acidamente.

– Perché *I don't like* per niente quelle foto.

– Sei simpatica come un 2 in matematica!

– E tu hai un aspetto sanissimo, come dimostrano i

tuoi post. Da domani torni a scuola e riprendi anche danza. L'esame è tra pochi giorni.

DRIIIN!

La solita telefonata interrompe la discussione. Ne approfitti per controllare ancora Instagram. Da quando hai postato i tuoi selfie ci sono stati solo due like senza commento. Nulla in confronto alla grandinata di cuoricini che piove sulle Adulatrici ogni volta che si espongono al loro adorante pubblico digitale.

Ecco che sul tuo viso torna quell'espressione sofferente, provocata da un dolore che dall'animo si diffonde in tutto il corpo. Scoprire che nessuno segue più i tuoi movimenti online ti causa crampi, mal di testa e ti irrigidisce i muscoli. Una sofferenza totale.

In queste condizioni fisiche e mentali, diventi un severissimo giudice di te stessa ed emetti una sentenza crudele che ti potrebbe condannare all'infelicità: «Sono io quella sbagliata, sono io quella che non piace a nessuno, è colpa mia se mi insultano, non sono in grado di vivere come le mie coetanee, ho perso le amicizie sognando stupidamente di fare la ballerina». Purtroppo non riesci più a riemergere da quel mare silenzioso.

– Bella zia! Rieccoti, finalmente. Detesto prendere l'autobus da solo.

Sei sollevato nel rivedere la tua amica. Un po' dimagrita, a dire la verità.

– Bella zietto, non sei cresciuto molto in questi giorni!

Ti sorride e, apparentemente, sembra la solita Cristiana. Forse è rimasta a casa perché è stata male davvero, e non per la vergogna causata dal video. Scegli quindi di tacere sull'episodio: se la tua amica avrà voglia, ne parlerà lei.

– Avete finito il cibo in casa? Sembri una sottiletta.

– Bel paragone, Rug, così mi mangi nel tuo panino e prendi tu il peso che devo perdere io.

– Da quando devi perdere peso? Un foglio di carta è più spesso di te!

– Da quando mi è stato suggerito con una certa... insistenza – ti risponde seria.

– Chi ti ha dato questo stupido suggerimento?

– ...

– Meglio, non dirmelo. Gli farei trovare sotto casa i peggiori ultras dell'Inter!

– Puoi cronometrare con il telefonino quanto ci vuole a dire una frase? – ti chiede Cristiana all'improvviso.

– Certo, lo prendo. Aspetta... Tre, due, uno. Via!

– Sei grassa.

– Un secondo esatto – le dici curioso di sapere che cosa significa questo test.

– Pensa te, Rug: per una frase di un secondo si sta a dieta per anni – commenta lei scoppiando a ridere.

– Perdere è sempre brutto. Anche se si tratta del peso.

– Cambiamo argomento – quasi ti supplica. – A te come butta?

– Oggi è un grande giorno: potrei prendere la prima insufficienza della mia vita – le annunci. Senza fare alcun accenno al sondaggio su ASKfm.

– Questa sì che è una rivelazione! Ma l'hanno già inventata la materia in cui sarai insufficiente?

– L'ha inventata un certo Dante qualche secolo fa. E ho avuto qualche difficoltà con i suoi colleghi più recenti.

– Nooo, tu insufficiente in italiano. Non ci credo! Quanto vorrei essere trasparente e infilarmi nella tua classe per assistere alla scena – commenta Cristiana ridendo.

Poi restate in silenzio.

State pensando entrambi la stessa cosa: quanto vi piacerebbe poter diventare trasparenti.

La vergogna ti ha frenato la lingua, così non hai spiegato a Cristiana perché andrai male in italiano. Nemmeno l'Amico Esotico è al corrente dei tuoi propositi.

Ti è stato vicino nelle ultime ore dopo aver letto i numerosi messaggi anonimi su ASKfm.

Accidenti, se il demonio credesse a questi qua se la farebbe sotto incontrandoti. A quanto pare hai una tale carica negativa che potresti cambiare il destino del mondo ha scritto ieri sera.

Ma non ti ha fatto ridere.

Ti ha ferito troppo leggere quei messaggi...

Io mi sono preso una storta dopo averlo incontrato davanti al Kiosko.

Io ho perso le chiavi di casa dopo essere salito sull'autobus insieme a lui.

A me hanno rubato il cellulare appena ho finito di parlare con lui.

Se Gattonero attraversa la strada, lascio passare prima qualcun altro.

E così via.

Ma nulla in confronto a quel genio ignoto che si è spacciato per tuo padre: *Cari compagni di mio figlio (non lo nomino più per paura che mi accada qualche catastrofe), sappiate che io ho preferito andarmene di casa piuttosto che doverlo rivedere ogni giorno.*

Tuo padre ti manca molto e vederlo andare via è stato un colpo molto più doloroso di questi messaggi.

Una volta in classe, ti senti trafiggere dagli sguardi dei tuoi compagni. Va avanti così da un po' di giorni ormai.

L'Amico Esotico prova a rassicurarti con una confidenza intima su WhatsApp: *Mio nonno, che non ho mai conosciuto di persona, una volta mi scrisse in una lettera: "Nella vita non bisogna arrendersi ma sognare. Sognare in grande"*.

Allora chiederò ai miei di farmi dormire nel lettone! rispondi sarcastico.

Passando davanti ai bagni, diretto verso la vostra aula, lo Sceriffo ha inavvertitamente ascoltato Moviola difendersi con GTA. Non ha capito quale fosse l'accusa, ma ha orecchiato le espressioni "Ruggero Gattonero" e "schiacciare quel nano saccente e portasfiga". Parole che gli hanno fatto drizzare le antenne.

«Ma tu guarda se devono iniziare i guai proprio ora che sono stato nominato referente della scuola per il bullismo» ha sospirato.

È evidente che da adesso in poi il prof di italiano vi osserverà con un occhio diverso. Cosa che, in realtà, sta già facendo da un po' di tempo. Quella storia in cui tu, Ruggero, avresti insultato i compagni su Instagram non lo ha convinto. Così come non si spiega perché mai l'Amico Esotico avrebbe dovuto soffiargli dal borsello compiti e password: quel ragazzo è uno studente modello.

Per lo Sceriffo, però, le sorprese non sono finite.

– Rettagono, vieni alla cattedra. Così chiudo in bellezza le interrogazioni del primo quadrimestre – ti invita l'insegnante di italiano.

– Mi spiace ma... ecco... non ho studiato.

La tua risposta è sensazionale: l'Amico Esotico, che stava sbadigliando, rimane con la bocca spalancata. Gli altri compagni si girano a fissarti increduli. E si domandano che cosa accadrà adesso: per loro è una scena del tutto inedita. Pronti ad annoiarsi per la solita dimostrazione di sapienza del piccoletto nero, ora sono curiosi di scoprire come si regolerà lo Sceriffo con il più bravo della Matteotti.

– È successo qualcosa che ti ha impedito di studiare? – si informa l'insegnante, incapace come gli altri di nascondere la sorpresa.

– No, niente – confessi.

– E allora? Sapevi che eri rimasto solo tu da interrogare.

– Sì ma... – esiti.

– "Ma" cosa, Rettagono?

– È che ieri proprio non mi andava di studiare!

BUM!

Le teste dei tuoi compagni sembrano quelle degli spettatori di una partita di tennis: si girano contemporaneamente prima verso di te e poi verso lo Sceriffo.

Avanti e indietro, in perfetto sincronismo, fino alla fine del dialogo.

– Però a me oggi andava di interrogarti – continua il prof.

– ...

– Dovrò darti un'insufficienza.

– Faccia pure.

– Grazie del permesso, Rettagono – ironizza lo Sceriffo.

– Prego – dici con un filo di voce.

– Sei proprio sicuro che non vuoi nemmeno provarci? – insiste il prof grattandosi la testa.

– Sicurissimo.

Altrimenti salterebbe tutto il tuo piano.

– Allora non mi resta che metterti un 2 – conclude l'insegnante di italiano.

– Dueee? –. Questo non lo avevi previsto. Ti eri immaginato di rimediare un 4, non un voto così basso.

– Ruggero Gattonero si porta sfiga anche da solo – commenta a voce non troppo bassa GTA. Infatti lo sentono tutti, Sceriffo compreso.

Era proprio questo che volevi: dire addio al ruolo di primo della classe. La facilità con cui studi chiaramente infastidisce i compagni meno bravi, sempre perdenti se paragonati a te. Forse per questo nessuno interviene mai a difenderti quando i Fulminati Spettinati ti bullizzano.

Succede la stessa cosa anche nello sport: quelli che vincono sempre alla fine vengono odiati da tutti. Allora, visto che questo non è un problema che riguarda la tua Inter, perché mai deve diventare una preoccupazione tua?

Appena vedi entrare la Big Ben, scoppi a ridere. E realizzi che ti potevi risparmiare quella scena con lo Sceriffo.

Come stratega sei peggio di Cristiana. Tutto preso dalla scelta di rimediare un 4-diventato-2 in italiano, ti sei dimenticato che oggi saresti stato interrogato anche in inglese. E non hai studiato per davvero.

«Fare un'altra figuraccia o fingere di stare male?» ti domandi, alle prese con un dubbio amletico. Che poi, l'Amleto di Shakespeare ti è sempre stato simpatico perché si veste tutto di nero come te.

– *Rettagono, stand up and come here please* – ti invita dolcemente alla cattedra la Big Ben.

– *I'm sorry*, ma non posso – ricominci come nell'ora precedente.

– *Why?*

– *Because* non ho studiato.

– *Non cuntari famazzi!* – reagisce la professoressa,

questa volta in dialetto calabrese. Fa sempre così quando qualcosa non va come dovrebbe.

– Come ha detto? – le chiedi timidamente.

– Non dire scemenze! Che cosa significa che non hai studiato, Ruggero?

– Ieri sera c'era Chelsea-Inter in Champions League...

– Embè?

– Non avevo voglia di studiare la lingua del nemico!

Da come ride la classe, si direbbe che il tuo piano sta funzionando.

– *Mi staci ruppendu l'anima* – inveisce Big Ben. – Rettagono, *you won a wonderful four*.

Hai vinto un 4. Almeno è un voto più giusto. Ripensi al tuo bottino di oggi: un 4-diventato-2 e un 4: 4-2-4! Sembra lo schema preferito da Gian Piero Ventura, l'ex c.t. della Nazionale di calcio. Uno schema disastroso che non ci ha fatto qualificare al Mondiale.

In 3ªC non sta andando meglio.

– Saitta, hai la giustificazione per le tue assenze? – ti domanda la Svampita.

– In realtà dovrebbe giustificare la sua presenza. Noi non ce la spieghiamo – ti anticipa la Faina.

– State buone, ragazze, che la testa mi scoppia – avverte come al solito l'insegnante.

Oggi avete qualcosa in comune: anche tu senti la testa che urla di dolore e ti implora «Fammi riposare». Le ultime notti insonni ti stanno presentando il conto proprio adesso, in classe. Non riesci a tenere gli occhi aperti. Ti convinci che basterebbe un sonnellino di dieci minuti per ritrovare un po' di energie. Ma non si può.

Da quando sei rimasta sola al banco, però, lo spazio accanto alla finestra è libero. Magari, appoggiare un attimo la testa potrebbe aiutare. Un attimo solo, non se ne accorgeranno...

– SAITTA!

L'urlo della Svampita ti fa sussultare e la tua reazione impaurita scatena l'ilarità della classe.

– Come vi ripeto sempre, dormire è fondamentale per il vostro sviluppo – commenta la prof. – Ma il sonno non dovrebbe coincidere con le mie ore di lezione.

Mostrarti in classe così a pezzi ha avuto però un risvolto inatteso: le Adulatrici preferiscono infierire su Cristiana, non sul suo fantasma, così ti lasciano in pace.

Approfitti di un intervallo finalmente tranquillo per mandare un messaggio a Mamma Ologramma: *Non riesco a stare in piedi. Dopo scuola torno a casa. Niente danza.*

Non è solo il sonno ad averti tolto ogni energia. È

soprattutto la mancanza di cibo: cercando di perdere peso, negli ultimi giorni hai mangiato solo yogurt.

– Avete visto come è ridotta? La star della classe è crollata prima ancora di strappare applausi a scena aperta in teatro – annuncia la Principessa Lessa, che si vanta di avere un palco alla Scala intitolato alla sua nobile famiglia.

Il tuo prossimo esame, Cristiana, è al centro delle chiacchiere anche al *Kiosko*. I ragazzi più pigri, quelli che non fanno alcun tipo di sport, ci si incontrano quasi tutti i pomeriggi appena finiti i compiti.

– Comunque sia, la trovo sempre di un'eleganza impareggiabile – spiazza tutti GTA.

– Eleganteee? *Quella?* – esplode la Divina Faina come un fuoco d'artificio.

– Ma se non ha nemmeno un abito firmato! – si accoda la Cicala.

– Che c'entra? Mi riferisco alla grazia con cui si muove – spiega un irriconoscibile Gran Tamarro Addolcito.

– Si muove con la grazia di una frittella grassa spiaccicata sul soffitto – ribatte la Faina.

– Grassa Cristiana?! Ma stai scherzando? – domanda l'Agente Serpente.

Le Adulatrici sono scioccate. I Fulminati Spettinati

sembrano angioletti innocenti quando parlano di te. E la cosa le fa impazzire di rabbia.

– Se deve dimagrire Cristiana, allora questi due cosa devono fare? – osserva GTA, indicando i due gemelli belli grassocci.

– Nostra madre ci ripete sempre che dovremmo perdere un po' di chili – confessa Iron Mac, riempiendosi la bocca di patatine.

– Il problema è che i chili ci ritrovano sempre! – scoppia a ridere Flash Mordon, sputacchiando pezzi di patatine masticate addosso alle Adulatrici.

– Che schifo! – si indigna la Faina.

– Ragazze, fatevene una ragione: voi lavorate tanto per essere belle con vestiti, trucchi e scarpe, e ci riuscite bene. Cristiana, però, non ha bisogno di fare nulla: è stupenda naturalmente. Per questo è la nostra preferita.

– Voi siete pazzi! Me ne vado.

La Faina si alza di scatto afferrando la borsa di *Chanel* che le ha passato la mamma e da cui si vede bene spuntare un pacchetto di sigarette. Il suo programma era comunicare a tutti l'intenzione di iniziare a fumare, particolare che avrebbe fatto aumentare la sua popolarità. Invece, il pomeriggio ha subito un drastico e inimmaginabile cambio di programma.

E ora non riesce a controllare la gelosia. È incredula

per essersi sentita dire che lei, la più popolare della scuola, deve lavorare tanto per essere alla tua altezza. E tu, Cristiana, sai bene che quando la Faina non ragiona combina guai. Nel senso che combina guai... a te!

Infatti sono passati appena venticinque minuti, il tempo necessario per rientrare a casa e ricaricare il cellulare, che la Faina ti include in una nuova chat WhatsApp dal nome *I hate Cristiana*. Eh sì, a quanto pare ti odia proprio. Come foto del gruppo ha scelto quella in cui sei nuda e sorridente. Ma è stata astuta e, per tenerti ancora in pugno, ha tagliato l'immagine in modo tale da lasciar vedere solo il tuo viso. Consapevole che tu sai bene qual è la parte mancante.

Buttata come al solito sul letto, perché ormai sta diventando questa la tua posizione abituale, afferri il cellulare e ti chiedi che cosa abbia scatenato di nuovo le ragazze. In preda all'angoscia e incapace di ragionare lucidamente per colpa della debolezza fisica, cerchi di ricordare in che modo puoi averle offese. Non ti viene in mente nulla in particolare e così ti dici che sarà colpa del sonno. Nemmeno ti sfiora l'ipotesi che tu non abbia fatto niente per offenderle. Se tutte ce l'hanno con te, vuol dire che fai cose sbagliate. Anche se poi non te ne ricordi. Quindi è giusto che ora le Cospiratrici ti stiano scrivendo a turno: *Devi morire; La tua vita è inutile; Hai mai pensato di toglierti di mezzo?; Ti odia e disprezza tutta la scuola.*

Ogni frase ti catapulta al centro di un'onda furiosa che ti risucchia e ti fa sbattere violentemente contro il bagnasciuga, mentre la risacca ti riporta indietro per farti schiantare di nuovo, stavolta contro gli scogli.

Il dolore è terribile e lo senti in tutto il corpo. Anche se in realtà sei sempre rimasta immobile sul tuo morbido letto.

Domani chiederai loro cosa devi fare per essere una persona migliore.

Bravo Ruggero, hai fatto la scelta giusta.

Mentre digiti l'indirizzo mail di Daniele Doesn't Matter le dita ti tremano per l'emozione.

Non sai se ti risponderà mai, però in questi giorni pensi che sia meglio rivolgersi a lui che ai tuoi genitori. Loro ultimamente litigano spesso, mentre il tuo adorato youtuber sorride sempre.

Caro Daniele, scusa se ti disturbo. Volevo chiederti un consiglio perché mi sta succedendo qualcosa di molto brutto: sono bullizzato!

Mi sento come se fossi stato aggredito al buio, in una stradina deserta. I miei persecutori mi colpiscono in totale libertà, certi di restare impuniti. Anche perché ormai hanno capito che con le parole feriscono più che con i pugni. All'inizio per me erano solo lividi, poi sono arrivati i tagli, adesso mi sento con tutte le ossa rotte. E domani?

Ho paura a parlarne con i miei. Se poi peggiorassero le cose?

Tu che faresti al mio posto?

Grazie per i tuoi video,

Ruggero

Never Repper

– Ruggero, la notizia è uscita dai confini della Giacomo Matteotti e si sta diffondendo per tutta Milano – ti annuncia l'Amico Esotico. – La gente è più curiosa di conoscere il tuo destino che di scoprire come finisce *Il Trono di Spade*! Dai, dimmi qualcosa di più: ho voglia di spoilerare in giro.

– Sei un idiota! – ridi.

– Reggiti forte: lo ha saputo anche Amal!

– Tua sorella sa che sono diventato un asino a scuola? Glielo hai detto tu, confessa.

– Non potrei mai raccontarle una simile balla.

– Ma quale balla? Sono già al quinto 4 in una settimana. Per fortuna il 2 è rimasto solo – gli ricordi sconsolato.

– A chi credi di darla a bere, Rug? Non certo ad Amal. Sai cosa mi ha chiesto?

– No. Che cosa? Che cosa?

Quando si tratta della bellissima sorella del tuo amico siriano, non capisci più niente. Lei ti fa tremare più di GTA. Ma quello è un gran bel tremare...

– Mi ha chiesto: «Perché Ruggero fa finta di non voler più studiare?».

– ...

– E sai che cosa le ho risposto? Che non lo so. Perché ignoro completamente le ragioni di questa tua brutta recita. Anche se un sospetto mi sta venendo. Ma ti ricordo, Ruggero, che quelli dell'Inter non si arrendono mai.

– L'Inter e io abbiamo molte più cose in comune di quello che credi.

– Per esempio? – domanda curioso l'Amico Esotico.

– Quanto ho preso ieri nel compito di scienze?

– Quattro!

– Quanti ne ha presi domenica l'Inter dalla Roma?

– Quattro.

– Hai visto? I nostri destini procedono in parallelo.

– Hai visto?

– Che cosa?

Ora sei tu quello curioso, Ruggero.

– Hai visto chi è tornato a scuola oggi? Sembra che

quel bullo milanista sia finito sotto una macchina. Ha un gran brutto livido.

– Eh no, il posto sotto la macchina è già prenotato per me! – rispondi mettendoti a ridere.

In effetti, l'assenza di qualche giorno di GTA non è passata inosservata. I Fulminati Spettinati sono stati più tranquilli, incapaci di prendere iniziative senza quel burattinaio che li dirige come marionette.

E per qualche giorno tu ti sei sentito più tranquillo. La tua scelta di trasformarti in uno studente svogliato sta facendo parlare di te più del previsto, ma i follower scomparsi dopo il furto d'identità non sono mai più ricomparsi.

– Maledetto Gattonero, per colpa tua mi sono beccato l'influenza – ti dice il Gran Tamarro Affamato, incrociandoti in corridoio e spingendoti contro il muro. Il suo sguardo è reso ancora più cattivo da quel livido viola sullo zigomo sinistro.

– Ringraziami, allora: hai evitato di prendere altri brutti voti – lo sfotti d'istinto, pentendotene un nanosecondo dopo. Di sicuro te la farà pagare.

– Piccolo pezzo di merda! –. GTA ti ha subito sollevato per la collottola della camicia nera. I tuoi piedi non toccano più terra. Ti stai chiedendo da che parte ti lancerà, quando l'intervento del bidello lo blocca. Non perdi nemmeno tempo ad ascoltare quello che dice: scappi in classe appena tocchi il pavimento.

Seduto al tuo banco, con lo Sceriffo dentro l'aula, ti senti al sicuro come in un rifugio antiatomico. Purtroppo sarà così solo per qualche ora.

– *Bella fratello, da quando sei diventato un asinello/mi sei entrato nel cervello e ora ti rivolgo un appello:/dimmi Ruggero e non farne un mistero/tuo padre, l'austero, entra ed esce da un ministero?/E sì, e sì, e sì...*

– *E no, e no, e no! Mio padre, poveretto, fa solo l'architetto* – rispondi a Never Repper, che ha deciso di interrogarti a modo suo. Dice che ha bisogno d'ispirazione per una nuova canzone. E comunque così tiene lontano da te i Fulminati, stufi di ascoltare i componimenti del rapper della gang.

– *Fugge e scappa quell'ometto. Lui non si sente mai protetto./È inseguito da un quartetto di arrabbiati senzatetto./E sì, e sì, e sì.*

– *E no, e no, e no. Io non voglio fare il tifo per delle rime che fan schifo.*

– Ma dai, Gattonero... cioè, Ruggero, aiutami a comporre. Mi servono più elementi per mettere giù qualcosa di serio.

– Che cosa vuoi sapere?

– Per esempio dove abitate.

– In Via dei Mille, 8.

– *Dieci, cento, mille. L'architetto fa splendere le ville/e voi ricchi in Via dei Mille fate milioni di scintille./E sì, e sì, e sì!*

– *E no, e no, e no. Tu sei proprio un imbecille, ti strapperei le tonsille.*

– Hai ragione, Rettagono. Questa era pietosa. Dimmi l'ultima cosa, ti supplico.

– Che sarebbe? – gli chiedi sperando che la ricreazione finisca presto.

– Non so, cioè, per esempio: a tuo padre piace la pizza, e se sì, come gli piace?

– La pizza? Sei fuori! Senti, te lo dico solo se vai a provare le barre da un'altra parte.

– *Lo giuro, lo giuro. Scappo via e sfuggo al tuo siluro.*

– *Quando al lavoro i pomeriggi si fan lunghi, l'architetto ordina una pizza con i...*

– Con i...? – chiede Never Repper.

– Ma come, non l'hai capito?

– *E no, e no, e no!*

– Con i funghi!

– I funghi? I funghi! I funghi...

La pizza che piace tanto a tuo padre architetto ha

chiaramente messo in difficoltà Never Repper. Meglio, così si allontana da te pensando a testi di canzoni che non vedranno mai la luce. Che poi, chi glielo dice che a differenza di lui i veri rapper non sono affatto ossessionati dalle rime?

– Cristiana? Cristianaaa? Cristianaaa???

È Flauto Magico che ti chiama.

Ormai vivi da giorni sul tuo pianeta e sembra che nulla di quello che accade intorno a te ti riguardi. Come, adesso, la lezione di educazione musicale.

Sei anche tornata a danza e la Sballerina si è fatta un sacco di risate nel vedere gli inutili tentativi di Madame Arabesque per correggerti.

Tu rispondevi: «Sì, certo». Ma poi eseguivi i passi sempre nello stesso modo. Sbagliato.

A scuola è la stessa cosa: impreparata in due interrogazioni, un tema consegnato incompleto.

Nell'ora precedente, la Svampita ti ha rimproverata davanti a tutti. Ha ribadito che la scuola dell'obbligo dura ancora qualche anno e di scordarti quindi di fare la ballerina e basta.

Dal canto suo, la Divina Faina ci ha tenuto a farti sapere di aver ricevuto un invito al cinema da Justin Bomber per il sabato successivo.

Naturalmente, a lui brucia ancora la tua risposta su ThisCrush. Ha capito l'errore: non doveva restare in incognito. Ma a tredici anni è difficile chiedere scusa, anche quando si vorrebbe tanto farlo.

– Terribilissimo! Non ce la posso fare. Forse è meglio se non ti avvicini – ti suggerisce l'Amica Allergica, preoccupata da quello che potrebbe ancora accaderti.

Lei non condivide il comportamento delle Cospiratrici, ma sa anche che non avrà mai la forza di reagire.

Vedere la Faina così euforica ha però riacceso in te un barlume di speranza.

– Saittastaizitta, che cosa ci fai al mio banco? – ti aggredisce subito lei.

– Mi avete chiesto di non vedere più le persone che frequentate voi. E l'ho fatto.

– Che brava bambina! – ti sfotte la Wrestler.

– Ho anche seguito il vostro consiglio e mi sono messa a dieta.

– Ma non mi dire? Non si vede affatto – si inserisce la Bionda Nauseabonda.

– Lasciatela parlare, sono curiosa di sentire che cos'ha da dire – le zittisce la Faina.

– Ditemi che cos'altro volete che faccia per convincervi a cancellare quella foto. E io lo farò – mormori.

– Tremendissimo. Non ce la posso fare…

Dopo una serie di starnuti a raffica, l'Amica Allergica si porta le mani alla pancia. Le fa già male.

– In effetti qualcosa ci sarebbe – ti risponde pensierosa la Faina. – Sicura che sei disposta a fare tutto quello che ti chiederò?

– Sicurissima – menti.

– Allora ci vediamo giovedì prossimo alle 16.30 in Piazza Gae Aulenti, davanti a *Sephora*.

– D'accordo, ci sarò.

E te ne vai sentendoti peggio di prima.

Eh sì, Ruggero, è sempre il tuo lo zaino che sta volando sulla strada. E quella che lo sta schiacciando è ovviamente un'altra macchina. Goku non è riuscito a lottare con GTA. Il Gran Tamarro mooolto più Arrabbiato del solito ha voluto subito riprendere il discorso interrotto dal bidello, e sembra che non gli basti averti distrutto il terzo zaino.

Moviola e l'Agente Serpente gli fanno da scudo mentre lui ti detta le nuove regole: – Adesso vai da paparino e ti fai dare cinquanta euro per comprare un nuovo zaino, che poi ti sceglierò io. Ma non solo: gli chiederai altri cento euro. Purtroppo i miei scarpini si sono rotti e me ne serve un paio nuovo. Subito!

– Mio padre non mi darà mai i sol...

Non fai in tempo a finire la frase che GTA ti sta già spingendo verso il ciglio della strada.

– Non ho sentito bene, bastardo, prova un po' a ripetere... – ti incalza mentre sei già con entrambi i piedi giù dal marciapiede, spaventatissimo all'idea di fare la stessa fine di Goku.

– ...

– Ecco, devi stare zitto. Perché le merdine stanno zitte, vero?

– ...

– Ora apri bene le orecchie: voglio i soldi entro giovedì mattina. Sono stato chiaro?

– ...

– Lo sai che cosa ti succederà altrimenti?

– ...

– Ruggero! Eccoti, finalmente. Che cosa succede? Che gli state facendo? – domanda Cristiana allarmata.

– Tranquilla, ballerina, stavamo solo prendendo un appuntamento – risponde GTA mettendoti una mano sulla spalla, come se foste vecchi amici. Poi guarda furibondo Moviola e l'Agente Serpente, incapaci di coprirlo a dovere.

– Avete finito? – chiede lei, sospettosa.

– Direi di sì. Vero, Gattonero?

– …

– Gattonero? – ripete Cristiana senza capire. Soprattutto non si spiega perché stai tremando in quel modo.

Un attimo dopo comincia a realizzare.

«No, Rug! Anche tu…» pensa travolta dall'angoscia.

Poi, con la sua solita dolcezza, ti prende sottobraccio e ti trascina via. In realtà vi state sorreggendo a vicenda: adesso siete in due a tremare.

La vostra profonda amicizia vi ha tenuti uniti finora. Talmente uniti che vi siete ritrovati vittime di bullismo e cyberbullismo nello stesso momento. Cristiana lo ha appena scoperto. Tu non ancora. Eppure, da questo momento, le vostre strade prenderanno direzioni opposte.

Rientrato in casa, corri subito a controllare il tuo telefonino. Per paura che te lo rompano, da giorni non lo porti più a scuola.

Non credi ai tuoi occhi e finalmente sorridi, Ruggero. Incredibile: sono passate pochissime ore, eppure è lì. Hai ricevuto una sola e-mail. Ma è la sua. Ti ha risposto!

Adesso calmati, però. Ragiona prima di aprirla: non è detto che le sue parole ti saranno d'aiuto. Non è detto che in quella e-mail troverai la soluzione ai tuoi problemi.

«E se mi prendesse in giro anche lui?»

Ma che pensi, non scherziamo. Il tuo youtuber da

oltre un milione di follower è una persona in gamba.

Avanti, fatti coraggio e leggi.

Ciao Ruggero!

Ti ringrazio tantissimo per avermi scritto e, soprattutto, per aver trovato il coraggio di farlo. Il primo passo giusto è esattamente questo: parlare dei propri problemi. Hai dimostrato di essere forte, capace di tirare fuori quello che hai dentro e di cercare soluzioni.

So che ti trovi in un momento difficile e pensi di non avere via di scampo. Fidati: non è così! E ti parlo da persona che ha vissuto la tua stessa situazione. Dall'inizio delle elementari alla fine delle medie, sono stato anch'io vittima di bullismo.

So che ti senti incatenato, diverso dagli altri, debole. A volte anche in colpa. Ma tu, Ruggero, non sei diverso, e anche se tutto quello che stai vivendo non dovrebbe assolutamente accadere, in un modo o nell'altro ti renderà più forte e più sicuro.

Per quanto ti sembri difficile e ti spaventi l'idea di non essere capito o ascoltato, non temere di parlarne con i tuoi genitori. Loro ti vogliono un bene dell'anima e saranno sicuramente pronti a fare di tutto per te.

Stanco del bullismo che subivo, ho fatto proprio questo: ho parlato alla mia famiglia e mi sono confidato con i professori con cui avevo legato di più. Anche gli amici sono stati fondamentali. Se farai così, riceverai in cambio un aiuto che non avresti mai immaginato!

Ricorda, Ruggero: sei dalla parte della ragione. E presto questa storia finirà (perché ti prometto che finirà). Non dare potere ai bulli! Non "marchiarteli" sulla pelle. Non meritano di diventare un ricordo costante della tua vita.

Sii forte, Ruggero, e parla con chi ti vuole bene. Ti assicuro che, alla fine, sarai tu a vincere su di loro.

Ti mando un abbraccio grandissimo. E se avrai bisogno di parlarmi ancora, io ci sarò sempre.

Daniele

Hai letto quell'e-mail talmente tante volte che l'hai imparata a memoria. Poi aspetti fiducioso il ritorno della Sconnessa, tua madre, la persona più contraria del mondo ai social network.

«Voi giovani non saprete mai che cavolate scrivevamo noi sui nostri diari segreti. I vostri figli, invece, vi giudicheranno senza pietà leggendo tra trent'anni le scemenze che postate oggi» ti ripete sempre. Oppure: «Invece di "Come è andata a scuola?" a voi bisogna chiedere "Come è andata su Instagram?". Ci passate più tempo che sui banchi».

La Sconnessa ha resistito il più possibile per non avere un indirizzo e-mail. Ha ceduto solo quando ha rischiato il licenziamento. È architetto anche lei. Infatti, ha conosciuto Barbapapà all'università. Tuo padre però è tutto il contrario di lei e, come il pupazzone rosa, è un campione di creatività. Fin da quando eri un bambino, sapeva sorprenderti realizzando per te giochi unici con qualsiasi materiale trovasse in casa. Il tuo preferito era la pista per le macchinine costruita con i cassetti di un vecchio armadio destinato alla discarica.

Ma la cosa più bella mamma e papà l'hanno progettata insieme: hanno trasformato la tua camera in uno stadio, con il pavimento verde e le strisce bianche, il letto incastrato in una porta poggiata al muro e il lampadario a forma di palla. La scrivania e la libreria sembrano le tribune. Un vero spettacolo! Ancora non ti spieghi come mai due persone che sono state capaci di fare cose tanto belle insieme ora non riescano più ad andare d'accordo.

Quando senti rientrare la Sconnessa, nel tardo pomeriggio, le vai incontro nervoso.

– Ruggi Ruggi, non dirmi che hai preso un altro brutto voto... – si preoccupa lei. Meno male che i Fulminati non sanno come ti chiama, altrimenti sarebbe la fine.

– No, mamma. Però devo parlarti di una cosa.

– Se hai quella faccia, deve essere una cosa seria.

– Abbastanza, ma vorrei che ci fosse anche papà. Possiamo invitarlo a cena una di queste sere, per favore?

– Be'... sì – ti risponde tua madre sorpresa. – Ora lo chiamo e sento quando può. Intanto dammi un indizio: c'entra col fatto che hai deciso di iniziare una collezione di brutti voti?

– Anche.

– Allora tu fila a rimettere in ordine la tua stanza mentre io gli telefono.

Dopo qualche minuto la Sconnessa torna e annuncia: – Venerdì sera papà sarà qui.

– Bene!

– Ruggi Ruggi, però non voglio più vedere tutto questo disordine.

– Allora spengo la luce!

– Cretino! – dice lei ridendo.

– Mamma? – la blocchi mentre se ne sta andando.

– Dimmi, tesoro.

– Grazie – e le sorridi felice.

Poi ti accorgi che lo smartphone segnala l'arrivo di un messaggio. Nel gruppo *GATTONERO* su WhatsApp, GTA ti ha lasciato un messaggio.

Ricordati i soldi, bastardo portasfiga.

Lo Sceriffo

È giovedì. Ruggero, Cristiana, per entrambi è arrivato il giorno della svolta. Le vostre vite cambieranno: dovete solo scoprire se in meglio o in peggio.

L'agitazione e i troppi pensieri vi impediscono di parlare per tutto il tragitto in autobus. Il prolungato digiuno e le notti in bianco, Cristiana, ti rendono difficile ragionare e ancora di più reagire. E poi adesso stai soffrendo anche per la condizione di Ruggero. Speri solo che con lui i bulli si stiano comportando in modo meno spietato. Vorresti parlargli, alleviare i suoi tormenti. Ma hai paura di fare peggio: se non riesci ad aiutare te stessa, ti dici, figurati se puoi andare in suo soccorso.

E tu, Ruggero, sei troppo spaventato per accorgerti del silenzio di Cristiana. Da una parte sei sicuro che la scelta di parlare della tua situazione sia quella giusta, dall'altra hai troppa paura delle conseguenze in caso di fallimento. Quest'ultimo pensiero ti blocca mentre sali i gradini per entrare alla Matteotti: improvvisamente senti di nuovo quello strano calore alla gola e la sensazione di soffocamento. È un altro attacco di panico. Ti porti subito una mano al collo, come per liberarti da una stretta fantasma, e aspetti che il respiro torni normale.

Non vuoi che Cristiana se ne accorga e così fingi di cercare qualcosa nello zaino. Non appena lei ti saluta distrattamente, diretta verso la sua classe e le sue carnefici, inizi a sentirti meglio. Dopo un po', però, scorgi GTA venirti incontro.

– Hai portato i soldi? – ti chiede in tono minaccioso.

– Quali soldi? – rispondi accertandoti che si accorga della novità sulle tue spalle.

La Sconnessa non ti ha più fatto domande (sa che domani sera chiarirai parecchie cose) ma nel frattempo ieri è tornata a casa con un regalo per te: uno zaino nuovo di pacca. E senza supereroi da pivello disegnati sopra. Questo è ultrafigo e tutto nero. Come sapeva che ti sarebbe piaciuto.

– Bello zainetto, Gattonero. Sarà un piacere distruggertelo al più presto.

– Sarà un piacere anche per me venire alla tua prossima partita. Giocherai o resterai in panchina? Senza gli scarpini... –. Tanto vale giocarsela fino in fondo, pensi. Se devi finire sotto una macchina, meglio farlo con dignità.

– Vaffanculo, Gattonero, te ne pentirai.

Con tutti i compagni della 3ªB sei rimasto in fila fino a che lo Sceriffo vi ha accompagnati all'uscita. Al tuo fianco c'è Oroscopo, il ragazzo dai capelli rossi fissato con lo zodiaco e i pianeti. Una volta rifiutò persino di farsi interrogare in geografia.

«Le influenze di Mercurio sul mio segno mi inviano segnali negativi» aveva spiegato prima di prendere un 4 e una nota. Il colmo è che aveva studiato.

Anche Oroscopo, però, è uno di quelli che hanno smesso di parlarti dopo il furto d'identità. Le stelle non lo hanno avvisato della truffa.

Appena la luce del sole vi accoglie all'uscita da scuola, ognuno se ne va per la propria strada. Ma tu non puoi fare lo stesso: ben addestrati da GTA, infatti, i Fulminati Spettinati ti affiancano, come fanno le guardie del corpo che seguono passo passo i personaggi importanti. Tu saresti voluto andare verso destra, invece loro ti hanno costretto a svoltare a sinistra, verso l'entrata per accedere al cortile. Lì, a quest'ora, non c'è mai nessuno.

Qualcuno però vi sta osservando. A fare drizzare le

antenne dello Sceriffo sono stati il nuovo livido di GTA, stavolta sul braccio, e l'aver sentito le parole che Flash Mordon ha rivolto a Moviola mentre lo spingeva verso l'uscita: «Sbrigati, *slow motion*. Non vorrai perderti la scena in cui lo butta sotto una macchina».

Il prof vi ha seguiti mantenendosi a distanza e, non appena si è accorto che i Fulminati ti stavano trascinando verso il cortile, è rientrato velocemente a scuola.

Per fortuna la prima persona che incrocia è Don Tattoo. – Mi servono i tuoi bicipiti – gli dice trascinandolo verso la palestra. Da lì si può raggiungere più velocemente il cortile.

Al professore di religione sono bastate poche parole per capire la situazione. E per scattare veloce come Valentino Rossi.

La seconda persona che lo Sceriffo incontra, invece, è l'Amico Esotico.

– Che cosa stai combinando ancora a scuola? – domanda severo.

– Mi chiamano Terrorisis, quindi vorrei preparare un attentato – risponde il siriano altrettanto serio.

Poi si avvicina all'insegnante, insieme a lui osserva da dietro la finestra quello che sta accadendo fuori, e aggiunge: – Vuole essere mio complice?

Sei arrivata in anticipo, Cristiana. Aspetti seduta su un muretto, come ipnotizzata dai giochi d'acqua delle tre fontane al centro della piazza. Ancora non c'è molta gente: il posto si affollerà di sicuro più tardi, quando scenderanno gli impiegati dalla Torre Unicredit, il grattacielo diventato il nuovo simbolo di Milano. Il negozio di trucchi e profumi *Sephora* è dalla parte opposta.

È difficile capire se sei tranquilla o rassegnata. Il tuo viso non comunica più nessuna emozione da qualche giorno. Anzi, sei proprio tu a non comunicare più con nessuno.

Sempre buttata sul letto, stai facendo perdere la pazienza anche ai tuoi genitori. L'altra sera, minacciato dall'Ologramma, si è addirittura smosso Papà Altolà: «Farfallina, che fai sempre chiusa in camera? Perché non esci con le tue amiche a prendere una boccata d'aria?».

«Vorrai dire una boccata d'ansia.» Sei stata acida quel tanto che bastava per metterlo in fuga a gambe levate e farlo tornare dalla mamma per mettere a punto una strategia più efficace.

Eccole lì: stanno arrivando tutte insieme. La Divina Faina in testa, con la Wrestler al suo fianco. La Principessa Lessa e la Bionda Nauseabonda stanno spettegolando tra loro. L'Acidella e la Cicala, invece, stanno prendendo in giro l'Amica Allergica, che si è presentata con una borsa di *Prada* sbucata da chissà dove.

– Si vede lontano un chilometro che è tarocca – la smaschera la Cicala.

– Volevi fare la furba con un modello che neanche esiste? – infierisce l'Acidella, scoppiando a ridere.

– Ma che dite, era di mia zia! È un modello vintage. È terribilissimo. Non ce la posso fare se dite così – cerca di difendersi la tua ex amica, più rossa dello smalto che si è malamente spennellata sulle unghie.

Anche tu hai notato i suoi maldestri tentativi di truccarsi e vestirsi meglio per essere apprezzata dalle Adulatrici Cospiratrici. Ma adesso sei interessata ad altro.

– Mi giuri che se faccio quello che mi ordini cancellerete tutte quella foto e non la farete *mai* vedere a nessuno? –. Non hai neanche lasciato alla Faina il tempo di prendere l'iniziativa.

Infatti, ora è lei che ti deve inseguire: – Calma, calma, Saittastaizitta. Ti ho già promesso che se farai tutto quello che ti dico, poi cancelleremo lo scatto.

– Allora siamo d'accordo. Parla!

– Calma, calma, Saittastaizitta. Per prima cosa prendi gli auricolari del tuo telefonino, mettine uno nell'orecchio e fai sparire in borsa lo smartphone. Soprattutto, non far capire che stai parlando con qualcuno.

– Infatti, non sto parlando con nessuno.

– Calma, calma, Saittastaizitta. Lo farai: appena pronta, ti telefonerò. Poi tu entrerai nel negozio e seguirai le mie istruzioni. Vedrai, sarà divertente.

Le Cospiratrici sono fuori dal negozio, in attesa di seguire i tuoi movimenti. Mentre tu, in quel perenne stato di calma apparente, metti piede nella profumeria pronta a essere telecomandata.

– Adesso vai verso quell'espositore di trucchi alla tua destra – ti dirige la Faina.

Muta, come lei ti ha ordinato, esegui le sue indicazioni. Appena arrivata al punto indicato, ti giri verso la vetrina aspettando che, da fuori, la ragazza con gli occhi da cerbiatta ti comunichi che cosa fare.

– Non girarti verso di me! Non far capire che sei con qualcuno.

Innervosita, ti volti e ti metti a guardare gli ombretti e le matite per gli occhi.

– Adesso prendi un ombretto color oro e mettitelo su una palpebra. Una palpebra sola, mi raccomando.

Fatto.

– Adesso prendi quello rosa glitterato e mettitelo sull'altro occhio.

Fatto.

– Con una matita nera, disegna il contorno dell'occhio ma, mi raccomando, deve essere definito malissimo.

Mentre ti dipingi la faccia, pensi che in fondo è meglio sembrare un pagliaccio truccato male in mezzo a degli sconosciuti che patire le conseguenze di mostrare quella foto a tutti quelli che ti conoscono. Il problema, Cristiana, è che ancora una volta stai sottovalutando la Faina. Lei ha in mente ben altro.

Dopo averti fatto sporcare il viso con un fondotinta troppo chiaro e un blush troppo scuro è la volta del rossetto.

– Prendi quello rosso e mettitelo, sbavandolo parecchio sopra e sotto le labbra.

A questo punto vieni notata da una commessa, una *makeup artist* (si chiamano così) pronta a dare suggerimenti. – Hai bisogno di aiuto?

– No, la ringrazio. Stavo solo provando alcuni...

– Sììì! Rispondi di sì. Fatti truccare da lei – ti blocca la Faina.

– Però guardi... forse potrebbe darmi una mano. Non sono molto brava con i cosmetici.

– Un po' me ne ero accorta – ti sorride gentile la commessa.

Ti fa subito accomodare su uno sgabello davanti allo specchio e ti cancella quegli sgorbi dalla faccia con un latte detergente. Così può iniziare a consigliarti i colori più adatti al tuo viso. Poi fa un giro del negozio in cerca dei prodotti giusti e torna con diversi trucchi.

– Così giovane e con gli occhi verdi, staresti bene con un ombretto chiaro che ti illumini lo sguardo, sei d'accordo?

– Dille che invece tu lo vuoi nero! – ride la Faina nell'auricolare.

– Veramente preferirei un colore scuro, nero se possibile – ripeti cercando di non sembrare troppo scortese.

Appena lei si allontana perplessa in cerca di un ombretto nero, arriva un altro ordine dalla Faina: – Prendi l'ombretto chiaro e infilalo in borsa.

– Devo rubarlo? – chiedi incredula.

– Saittastaizitta. Non farti sentire. Esatto, rubalo!

Presa dal panico, in un attimo in cui nessuno guarda nella tua direzione, infili l'ombretto in borsa.

– Eccomi qui. Proviamo con il nero se ti convince di più – ti annuncia la commessa, facendoti sobbalzare dalla paura.

Poi ti viene ordinato anche di bocciare il blush color pesca per le guance sostenendo che ne preferisci uno marrone scuro. Così la ragazza si allontana di nuovo.

– Metti in borsa anche il blush pesca, è il mio colore preferito.

Ora hai capito il piano, Cristiana? La Faina ti costringe a rubare i trucchi per lei e le altre.

– A voi che cosa serve? – la senti domandare alle Cospiratrici, che subito partono con le loro richieste.

E così, dopo aver scaricato la gentile commessa dicendo che aspetti l'arrivo di tua mamma per farti consigliare da lei, prosegui indisturbata nell'ispezione del negozio. Facendo finta di far cadere due rossetti, ne metti a posto uno e l'altro in borsa. Poi ti chiedono addirittura di sfilare una crema dalla scatola, per evitare che suoni l'antitaccheggio.

– Non vorrai lasciarci senza smalto – sghignazza la Faina.

Dopo quasi mezz'ora di furti telecomandati, le Cospiratrici ti chiedono finalmente di uscire dal negozio. Sono impazienti di poter mettere le mani sui loro nuovi cosmetici.

Incamminandoti verso la porta, dove ci sono i metal detector, hai il terrore di essere scoperta e finire in guai ancora più seri. Che, tra l'altro, non porteranno alla distruzione di quella maledetta foto. Ti avvicini con cautela all'uscita.

Appena arrivata sulla soglia del negozio, ti fermi a osservare gli sguardi soddisfatti delle tue compagne. Sono tutte schierate in attesa dei loro regali. Manca solo l'Amica Allergica: la cerchi con lo sguardo e la noti con gli occhi gonfi di pianto sul muretto dove eri seduta prima tu, mentre si tiene la pancia con entrambe le mani. Questo è stato troppo anche per il suo grande desiderio di essere popolare.

È proprio quella scena che ti fa improvvisamente tornare dal pianeta con il mare che sommerge le emozioni. Per un attimo ti senti incredibilmente lucida e forte.

«Che cosa sto facendo?» ti domandi. Poi guardi dritto negli occhi la Divina Faina e, continuando a fissarla, afferri il cellulare dalla borsa, stacchi con rabbia gli auricolari e te lo porti all'orecchio.

– Mi senti? – le chiedi decisa.

– Che cavolo stai facendo? Sbrigati, esci! – ti risponde.

– Adesso ascoltami tu: puoi insultarmi quanto ti pare, ma nessuno potrà mai accusarmi di essere una ladra.

Poi, invece di uscire dalla profumeria, ti giri su te stessa e torni verso gli espositori, rimettendo a posto tutto quello che avevi infilato in borsa. Tutto tranne l'ombretto chiaro che ti aveva consigliato la commessa. Con quello in mano vai alla cassa e paghi.

Qualche istante dopo, quando esci a testa alta dal negozio, vuoi solo tornartene a casa. Ma la Faina ti raggiunge in fretta: – Saitta, la pagherai cara. Molto cara!

Eccoti di nuovo in orbita verso il tuo pianeta lontano.

La Wrestler

Come se niente fosse accaduto. Oggi a scuola è tutto molto tranquillo. Troppo tranquillo. Non ti fidi dei tuoi compagni e da un momento all'altro ti aspetti un altro colpo basso.

Evidentemente, però, l'intervento di ieri di Don Tattoo ha lasciato il segno. Il professore di religione non ha avuto bisogno di usare i suoi muscoli.

«Per combattere la cattiveria è importante capire che cosa l'ha provocata» ripete sempre. E così, quando vi ha raggiunto, gli è bastato far sentire la sua voce calma e profonda per fermare i Fulminati Spettinati.

«Vorrei raccontarvi che cosa ho letto da qualche parte, non ricordo dove» ha esordito, mettendosi proprio accanto a te, Ruggero. «Era la spiegazione della differenza tra un vero leader e un capo bullo. Il primo ascolta, capisce e di conseguenza sa come guidare la sua gente. Il secondo si sente forte solo spaventando gli altri. Ecco, raga, fidatevi di quello che vi dico: è molto più semplice trasformarvi in un leader sentendovi felici e appagati, piuttosto che rimanere come un capo bullo, sempre costretti a nascondervi.»

I Fulminati sono rimasti pietrificati, soprattutto il Gran Tamarro Appannato. Quelle parole gli hanno fatto comparire un livido anche nell'animo, più doloroso di quelli che ha sul corpo.

È rimasto in silenzio anche dopo che Don Tattoo ti ha portato via, accompagnandoti a casa in macchina. Dove però era impossibile chiacchierare per via della musica electro rock che ascoltava a tutto volume.

«È incredibile che in Vaticano non abbiano ancora sentito parlare di questo insegnante di religione: è più suonato di un tamburo» hai pensato una volta al sicuro a bordo della sua auto.

Forse i Fulminati Spettinati hanno ancora in mente la breve predica di Don Tattoo e per questo ti lasciano in pace anche oggi. Durante tutte le ore passate a scuola, l'unico a rivolgerti la parola è stato l'Amico Esotico.

– Dice mia sorella che se prendi 8 alla prossima interrogazione, in una materia qualsiasi, ti cucina i *ma'amoul* ai datteri. Proprio quelli che piacciono a te.

– Se ne prendo due, ci aggiunge anche le noci?

– Adesso non esagerare, golosone. Li sta preparando anche per il suo ragazzo.

– Per chi? – chiedi, sbiancando.

– Sto scherzando, gelosone! Sai che non te lo direi mai, anche se accadesse davvero. Non sarei capace di darti un simile dolore... Lo lascerei fare a qualcun altro! – conclude ridendo.

– Posso andare in bagno? – domandi alla Svampita.

– Sì, ma sbrigati, Saitta – ti concede la prof.

In realtà hai solo bisogno di buttarti un po' d'acqua sulla faccia perché non riesci più a stare sveglia. L'ultima notte è stata più dura delle altre. Ormai aspetti solo il momento di vedere quella foto pubblicata su tutti i social. E ti ripeti che non può, non deve accadere. Moriresti di vergogna e...

SPLASH!

Che diavolo è successo?

– Che schifo! – gridi disgustata.

– Sì, fai veramente schifo – conferma la Wrestler, guardando i tuoi pantaloni macchiati.

– Mi hai tirato addosso lo scopettino sporco del bagno! Sei pazza?

– Saittastaizitta! Altrimenti ti faccio scomparire dalla faccia della terra. Intanto comincia a sparire da qui, puzzi troppo!

Sconvolta, esci di corsa dal bagno. Appena rientri in classe, le Adulatrici sono già pronte a completare il lavoro iniziato dalla Wrestler.

– Che puzza! – strilla la Cicala.

– Ma sei proprio sporca di cacca! – sottolinea l'Acidella.

– Sei disgustosa – aggiunge la Faina.

– Che cosa succede, ragazze? – si scuote la Svampita.

In quel momento senti la necessità di fare un altro tentativo per chiedere aiuto. Ti convinci che la tua insegnante è l'unica persona in grado di fermare le Cospiratrici.

– Professoressa, è stata lei! – urli scoppiando di rabbia appena vedi rientrare la Wrestler. – Mi ha tirato addosso lo scopettino del bagno!

– Ma che dici, sei completamente pazza? – si difende la Wrestler.

– No che non sono pazza. Professoressa, mi creda, me ne combinano una al giorno!

– Non so di che cosa parli – insiste la tua compagna.

– Piantatela subito! – vi interrompe la Svampita. – Non ho tempo né voglia di occuparmi di stupide beghe tra adolescenti isteriche. Qui si studia e si impara. Le vostre liti vanno risolte da un'altra parte. Non certo a scuola.

– Ma professoressa, mi deve aiutare! – la supplichi.

– Ho detto di smetterla subito, Saitta. Torna al tuo posto se non vuoi una nota!

In questo momento nei tuoi occhi si legge che hai appena subito l'ingiustizia più grande da quando è iniziato il tuo incubo. La persona che aveva il potere, e soprattutto il dovere, di ascoltarti e aiutarti si è rifiutata di farlo.

Quindi, se ti serviva una conferma dall'esterno che quella sbagliata sei tu, ora l'hai avuta. Ma la rabbia che provi è forte. Fortissima. Vorresti spaccare tutto... altro che romantica ballerina in tutù.

Seduto sul tuo letto, guardi il cellulare incastrato nella rete della porta da calcio.

– Mi sa che sto per dirti addio, tra qualche minuto farò un clamoroso autogol – gli confessi ad alta voce, prima di alzarti e raggiungere i tuoi a tavola.

Hai passato il pomeriggio a immaginare le reazioni che potrebbero avere mamma e papà quando gli racconterai tutto. E temi che per prima cosa ti possano togliere il telefono e il Wi-Fi. D'altra parte la Sconnessa non fa altro che ripeterti: «Stai attento a come lo usi: questo piccolo affare può trasformarsi in una trappola».

Per tua fortuna, con Barbapapà e la Sconnessa hai sempre parlato di tutto in maniera aperta e tranquilla. Capiranno che stare senza cellulare è come non esistere. Be', detta così potrebbe suonare un po' troppo drammatica, però...

TILUTILUTILU!

Hanno suonato! C'è qualcuno al citofono. Ma chi sarà a quest'ora?

– Aspettate qualcun altro? – domanda Barbapapà.

– Non direi. Ne sai qualcosa, Ruggi Ruggi? – ti chiede la Sconnessa vedendoti entrare in salone.

– Io no – rispondi.

Tuo padre allora afferra la cornetta del citofono e domanda: – Chi è? Come? Ah sì... Terzo piano –. Poi si gira stupito verso la Sconnessa: – Come mai hai ordinato le pizze se è tutto già pronto a tavola?

– Pizze? Non ho mai ordinato le pizze. Sei stato tu Ruggero?

– Mi sarebbe piaciuto, ma non l'ho fatto. Avranno sbagliato il nome sul citofono.

– Veramente hanno chiesto dell'architetto Rettagono... – rivela Barbapapà.

DLIN DLON!

Il mistero sta per essere svelato. Vi avvicinate tutti e tre alla porta e, quando mamma apre, vi trovate davanti ben tre ragazzi con la pettorina PIZZA A DOMICILIO.

– Ecco le vostre cinquanta pizze ai funghi, architetto Rettagono. In totale sono duecentocinquanta euro.

Per qualche attimo restate tutti e tre imbambolati a guardare quell'alta pila di cartoni che i ragazzi stanno poggiando sul tavolo dell'ingresso.

Poi commenti, inorridito: – Non ci credo, sono arrivati fino a questo punto…

Mamma va subito a sedersi sul divano. Sta iniziando a capire.

Papà resta immobile per qualche istante. Fissa le pizze, poi si gira verso di te. Appena si accorge di quanto sei impallidito, paga in silenzio i tipi delle consegne, che muoiono dalla voglia di sapere come mai in tre state per mangiarvi cinquanta pizze e per di più tutte ai funghi.

– Queste riportatevele via, fate una festa con gli amici – dice Barbapapà ai tre ragazzi, restituendo loro i cartoni. Poi ti prende sottobraccio e ti fa sedere accanto alla mamma, mentre lui si accomoda sulla poltrona davanti: – Allora, Ruggero, spiegaci un po' come mai abbiamo così tanta fame.

Mamma Ologramma

– Non c'è anima, Cristiana! Non c'è gioia. Kitri è innamorata persa del suo Basilio, tu invece danzi come Giselle un attimo prima di morire! –. Madame Arabesque non si è mai arresa, pensando che fossi stata colpita prima dall'influenza e poi dall'agitazione per l'esame. Ma la reazione che si aspettava da te non c'è mai stata. – Che ti succede, ragazza mia? Non sei più tu!

– ...

– Perché non mi dici che problema hai? Sono mesi che prepariamo questo esame. E adesso che ci siamo, stai mollando. Sei diventata pelle e ossa, ti vedo debole, poco concentrata.

– Forse il vero problema è che non sono brava come lei credeva.

– Che cosa dici, Cristiana? Sei una delle allieve più talentuose e dotate che abbia mai avuto. Hai fatto piroette perfette anche adesso che sembri il fantasma di te stessa. Però ti sei spenta, sembri un robottino senz'anima. E la perfezione da sola non basta: per entrare nella Scuola di Ballo della Scala devi tirare fuori anche il cuore. Dimmi che cosa può farti sentire meglio. Saltare scuola qualche giorno ti aiuterebbe a recuperare le energie? Solo un paio di giorni, fino all'esame. Potrei dirlo io a tua mamma. Sei sempre stata bravissima anche nello studio, vedrai che non sarà un problema.

– Sì! Sono certa che restare qualche giorno a riposo mi farà meglio – concordi.

In realtà vuoi solo evitare di incontrare le Cospiratrici.

– Ricordati che entrare alla Scala è sempre stato il tuo sogno. Non buttarlo via proprio adesso che sei così vicina a realizzarlo. Puoi farcela, Cristiana.

– Grazie.

Poi la severa Madame Arabesque fa un gesto che non ha mai compiuto in tanti anni che la conosci: ti abbraccia forte, accarezzandoti i capelli con amore. Quanto ti piace questo momento di tenerezza.

«Basta poco per far stare bene qualcuno» pensi, sperando che l'abbraccio duri il più a lungo possibile.

– Mamma è venuta a prenderti? – ti chiede l'insegnante.

– Penso di sì.

– Allora tu vai a cambiarti. Se non è incollata al cellulare come al solito, le parlo un attimo.

Il ritorno a casa è tutto una discussione. Mamma Ologramma è un po' scocciata con Madame Arabesque.

– Che cosa ne sa lei del mio lavoro? Perché deve fare battutine sul fatto che parlo molto al cellulare?

– ...

– Certo, Cristiana, che se ti decidessi a spiegarmi che cos'hai... non ci capisco più niente. Stai sempre buttata su quel letto.

– Sei incredibile – commenti tu amareggiata.

– Che cosa vuol dire "sei incredibile"?

Ora la mamma si sta innervosendo anche con te. Ha già abbastanza sensi di colpa da sola per poter accettare i rimproveri degli altri.

– Niente, lascia stare. Non vorrei disturbarti mentre aspetti qualche telefonata.

– Signorina, risparmiati questa ironia – ti avverte lei sbattendo lo sportello della macchina, dopo aver parcheggiato. – Sappi che io col telefono ci lavoro e non lo uso certo per farmi quelle foto da galline che vi scattate voi ragazzine, facendovi ridere dietro alla disperata ricerca di un like!

Le sue parole sono state come una pugnalata. Senza volerlo, l'Ologramma ti ha ricordato la foto con cui vieni ricattata da settimane.

«È proprio vero» ammetti a te stessa. «Alla fine lei lavora seriamente, mentre io ho solo fatto la gallina... e ora ne pago le conseguenze.»

Nessuno parla più fino a quando entrate in casa. Poi tua madre ti segue in camera.

– Cosa pensi di fare ora? Ributtarti sul letto?

– Sì.

– Perché non esci un po' con le tue amiche? Se stai sempre col muso, nessuna vorrà più frequentarti. Ti allontaneranno.

– Non far finta di interessarti a me. E lasciami in pace – le rispondi incapace di gestire la rabbia.

– Cristiana, come ti permetti? Non parlarmi così!

– E come si parla a una persona che si odia?

– Mi odi? Ecco, ci siamo. La aspettavo più avanti, ma la crisi adolescenziale è già arrivata. Nel peggiore dei modi – parte lei con la sua arringa da avvocato.

– Risparmiami il processo, che io all'adolescenza nemmeno ci arrivo!

– Cristiana, ma che diavolo dici?

– Dico che non voglio parlare con te, perché ti odio. Così come odio il tuo maledetto telefono. Anzi, odio tutti e tutto: la scuola, gli amici e pure la danza. Ma soprattutto odio me stessa, perché faccio schifo e non valgo niente.

– Tu fai schifo? Come ti viene in mente una simile stupidaggine? Cristiana, ascoltami bene: o ti decidi a dirmi che cosa ti è preso o ti dai una calmata. Perché non voglio più sentire le cretinate che hai sputato fuori. Altrimenti un telefono che non verrà più usato ci sarà eccome, ma sarà il tuo – ti minaccia Mamma Ologramma.

– Sai che ti dico? – la sorprendi afferrando il tuo smartphone. – Sequestramelo pure. Non me ne frega niente! Anzi, mi fai un regalo. Togliendomi questo affare maledetto, mi fai il regalo più bello che abbia mai ricevuto! –. Poi lanci con forza il cellulare in corridoio e ti chiudi in camera sbattendo la porta.

L'Ologramma è rimasta immobile, incapace di reagire perché colta di sorpresa. Abituata a trattare con delinquenti pericolosi, ora non è in grado di trattare con la figlia. Dalla sua dolce bambina non si sarebbe mai aspettata tanta rabbia.

La lucina lampeggiante sul telefono ti spaventa sempre. Anche adesso che ne hai parlato con i tuoi.

Non ti hanno tolto il cellulare: né Barbapapà né la

Sconnessa hanno pensato di prendere provvedimenti contro di te. Al contrario, erano talmente afflitti nell'ascoltare le torture che hai dovuto subire dai bulli che ti hanno tranquillizzato all'istante, garantendoti che da adesso in poi non ti accadrà più nulla, che potrai frequentare la scuola in totale sicurezza. Tranne domani: resterai a casa un giorno, giusto per dare a mamma e papà il tempo di parlare con la dirigente scolastica.

Per ripagarti del grande dolore patito, Barbapapà e la Sconnessa ti hanno fatto trascorrere un weekend da vero re: sabato mattina acquisto del nuovo completo dell'Inter; pranzo nella tua pizzeria preferita (dove nessuno ha ordinato quella con i funghi); al pomeriggio scelta della nuova bici che arriverà per l'esame di terza media; in serata cinema e *McDonald's*. Domenica mattina gita sul lago d'Orta, giro in battello e pranzo sull'isola di San Giulio, sulle tracce del mitico Barone Lamberto raccontato da Gianni Rodari in uno dei tuoi libri preferiti; al ritorno, tutti sul divano a guardare il posticipo dell'Inter.

Eppure, quando ti arriva un messaggio durante l'intervallo, ti accorgi che la mano che sta prendendo il telefonino trema ancora di paura. Se ne accorgono anche Barbapapà e la Sconnessa, che ti accarezza la schiena.

– È Cristiana – li tranquillizzi. E ti tranquillizzi.

Bella zietto, come stai? Non preoccuparti se domani non mi vedi, mi tengono qualche giorno a riposo in vista dell'esame alla Scala.

Bella zia! Fai bene, ti voglio in splendida forma. È mercoledì, vero?

Già.

Andrà benissimo.

Andrà come deve andare.

Eh no, ti voglio più grintosa!

Notte.

Notte, ballerina! la saluti, un po' stupito dalla sua risposta e dalla sua voglia di interrompere subito la comunicazione.

La Sconnessa ha già il cellulare in mano quando inizia a squillare. Sul display appare la scritta *Scuola Matteotti.*

– Ruggi Ruggi, stavo per chiamare io la scuola ma mi hanno anticipato... C'è altro che devo sapere? – domanda.

– No, giuro che ti ho detto tutto – la rassicuri.

– Pronto? – risponde sorridendoti.

Dall'altra parte del telefono c'è la Bussola. La dirigente scolastica comunica alla Sconnessa che forse qualcosa non va nella tua classe e si teme che tu venga bullizzato. Per questo motivo vorrebbe subito incontrare lei e Barbapapà.

– Adesso non montarti la testa, Ruggi Ruggi. Sembra che tu sia destinato ad avere più guardie del corpo di Donald Trump!

– Un cervello da proteggere! – scherzi tu.

– Piuttosto comunica al tuo cervello che deve proteggere la pagella e recuperare i votacci che hai preso per fare il figo sfigato.

– Oggi si chiamano bullismo e cyberbullismo. Eppure diffamare, malmenare, ridicolizzare, insultare sono pratiche che esistono fin dall'antichità –. Lo Sceriffo sta parlando a tutta la classe. È la prima mossa concordata con i tuoi genitori.

La Sconnessa e Barbapapà si sono dimostrati comprensivi e non hanno preteso l'immediata applicazione della legge contro il bullismo. Prima di chiedere l'ammonizione per la gang della 3ªB, la Bussola, Don Tattoo e lo Sceriffo hanno voluto fare un tentativo per sensibilizzare i Fulminati.

– Un tempo il bullismo era considerato una fase di passaggio quasi obbligata, soprattutto alla vostra età. Ma restava nei limiti dell'ambiente scolastico – continua il professore di italiano. – Oggi con i social è tutto diverso. Il carnefice può raggiungere la sua vittima ovunque e a qualsiasi ora. Nel mondo sono tanti i ragazzi che hanno paura di diventarne vittime, e in molti si sono addirittura tolti la vita per gli oltraggi subiti dai loro coetanei. Vi rendete conto? Si sono tolti la vita! Ricordatevi quello che dice un vecchio proverbio: "Le parole uccidono più della spada".

Never Repper sta pensando che il cyberbullismo potrebbe essere un tema fighissimo per la sua prossima canzone, mentre Moviola sbadiglia. Il Sergente Serpente sta controllando i risultati del Fantacalcio sul sito della *Gazzetta*. Iron Mac e Flash Mordon stanno contrattando lo scambio della merenda. Sono tutti un po' annoiati da questo predicozzo del prof. Comunque, è sempre meglio che essere interrogati.

GTA, invece, è teso. Sembra impaurito. Si accarezza il braccio, quello dove è comparso un nuovo brutto livido.

Anche lo Sceriffo si è accorto che è molto più preoccupato lui di te, Ruggero, nonostante tu tema la vendetta per aver spifferato tutto.

E proprio a te si rivolge ora lo Sceriffo, facendosi però sentire dalla classe intera: – Chiedere aiuto è la scelta più intelligente che possiate fare, nel caso foste vittime di bullismo. Perché esistono le vie di uscita e perché così eviterete nuove vittime. Chi fa del male restando anonimo, nascosto dietro un computer o protetto dal gruppo, commette atti di vigliaccheria. È più debole della vittima. Però può comportarsi così solo in un mondo virtuale. In quello reale funziona tutto in un altro modo. Allo stesso modo, chi di solito agisce con il sostegno del gruppo è perso se si trova da solo.

Il professore vi legge poi delle testimonianze di alcune vere vittime di bullismo, messe a disposizione dalla Polizia Postale. – È la sezione della Polizia che indaga sui crimini informatici e quindi sul cyberbullismo – vi spiega lo Sceriffo. – Minacciare e ricattare qualcuno su Internet è un reato, ragazzi! Ma i cyberpoliziotti non vogliono spaventarvi: loro sono gli eroi del Web.

– Che palle il professore oggi. Chissà che gli è preso con questa purga sul cyberbullismo – commenta il Sergente Serpente, mangiando un hamburger al *Kiosko*.

– Stai zitto, non hai capito niente – gli rispondi, Gran Tamarro Angosciato.

Da qualche giorno sei diverso, meno perfido. Lo hanno notato anche i tuoi compagni: loro volevano subito distruggere il nuovo zaino di Ruggero, ma tu hai chiesto di aspettare.

– *Una mattina mi son svegliato./O bullo ciao, bullo ciao, bullo ciao, ciao, ciao!/Una mattina mi son svegliato e ho provato il terror./Yolo yolo yolo yolo. Prof d'italiano, portami via. O bullo ciao, bullo ciao, bullo ciao, ciao, ciao!/Prof d'italiano, portami via. Che mi sento intimorir./Yolo yolo yolo yolo. You only live once.*

Never Repper è entusiasta delle sue nuove strofe. Il problema è che è l'unico ad apprezzarle, come al solito.

– Tappati la bocca – gli grida Flash Mordon mentre affonda una patatina nella maionese.

– Ma non capite?! È un testo allegorico: il prof di italiano si sostituisce al partigiano della canzone.

– E allora? – chiede Iron Mac.

– Come "allora"? Siete proprio ignoranti. La nostra scuola si chiama Giacomo Matteotti!

– Che non era un partigiano – gli fa notare l'Agente Serpente.

– No, certo. L'hanno ucciso prima della guerra ma era un antifascista, così come il nostro prof è un antibullo. Entrambi si sono ribellati al male – spiega l'aspirante rapper.

– Vuoi dire che uccideranno il prof? – domanda preoccupato Moviola.

– Basta, ho sentito anche troppo – li zittisci tu, GTA. Poi ti alzi e te ne vai.

– Vi manca la cultura, per questo non capirete mai l'arte – aggiunge Never Repper andandosene anche lui con il solito passo molleggiato e perdendo gli occhiali prima ancora di arrivare alla porta.

Ridono le ragazze, ridono i ragazzi. Ridono i genitori che li hanno accompagnati all'esame. Non resiste e si fa una risatina anche la segreteria della Scuola di Ballo della Scala, che ha appena chiarito l'equivoco.

Madame Arabesque, invece, non ride affatto. Mamma Ologramma è furiosa e indecisa se sbranare la tua insegnante di danza o mettersi a piangere. Tu, invece, sembri una sfinge. Come se questa figuraccia non l'avessi fatta tu.

– Forse è meglio, Cri. Ultimamente non ti veniva molto bene la variazione – cerca di tranquillizzarti la Sballerina, che ci tiene molto a starti vicina oggi.

Sul bando del concorso c'era scritto che non era richiesta una variazione del repertorio classico per l'esame. Madame Arabesque, però, era sicura che quel regolamento valesse solo per i più piccoli e che ogni candidato delle scuole superiori dovesse invece esibirsi in un assolo al termine della lezione di danza tradizionale. Ma si sbagliava.

Oggi, al momento della convocazione prima di sostenere l'esame, sei l'unica a essersi presentata con un tutù, oltre al body per la lezione.

– Questa pensa di strappare direttamente un contratto per il corpo di ballo – sghignazza una mamma commentando il tuo abbigliamento.

– Il mondo è pieno di matti. E anche di analfabeti. Ma non hanno letto il bando? – commenta un altro genitore.

La Sballerina prova a riderci sopra, mentre ti accompagna nello spogliatoio: – Quando un giorno sarai una danzatrice famosa e ti chiederanno di scrivere la tua autobiografia dovrai iniziare così: "Ho fatto mesi e mesi di prove per diventare una perfetta Kitri, ma non fregava niente a nessuno. Ho speso un patrimonio per comprare un costume di scena che nemmeno Misty Copeland ne ha mai avuto uno così bello. Ma non l'ho mai messo. Per evitare che mia madre strozzasse l'insegnante di danza, dovettero chiamare polizia, carabinieri e pure i pompieri!". È vero che lo farai, Cri? Ah, quanto mi sono divertita!

La tua amica riesce a strapparti un sorriso. Ma niente di più. L'episodio appena accaduto non fa che ribadirti quanto sia sbagliata tu e tutto quello che ti riguarda.

– Pronto? Pianeta Terra chiama Cristiana, rispondi se ci sei! – ti scuote la Sballerina.

– Ci sono, Pianeta Terra, dimmi pure – replichi senza troppo entusiasmo.

– Giovane stella della danza, è il tuo momento di far vedere che splendi più di ogni astro del firmamento.

– Non esagerare, Pianeta Terra.

– Smettila di fare la stella cadente. Adesso è il momento di spaccare –. La tua compagna di danza ti spinge verso la sala dell'esame. Poi ti dà una pacca sul sedere e ti fa l'augurio tipico del mondo dello spettacolo: – Merda!

Ti giri, la guardi e, senza rispondere nulla, entri nella fossa dei leoni.

Due ore dopo, la porta della sala si apre. Lentamente escono le ragazze e i ragazzi che sognano di entrare nella Scuola di Ballo della Scala. Parlottano tra loro, commentano la lezione. C'è chi scuote la testa, chi sorride soddisfatto. Poi corrono tutti dai loro parenti e amici per fare rapporto.

Mamma Ologramma, Madame Arabesque e la Sballerina ti aspettano frementi, sedute su una panca una accanto all'altra. Eppure di te non c'è traccia.

Passati cinque minuti da quando hanno visto uscire l'ultima persona, la Sballerina apre bocca per prima: – C'è qualcosa che non quadra...

– Vado a vedere – concorda l'Ologramma.

– No, aspetti. Vado io che conosco un'insegnante – la interrompe Madame Arabesque.

– Invece vado io che sono la madre – inizia a battibeccare l'avvocato.

Ma vengono anticipate dalla Titanic, l'algida direttrice della Scuola di Ballo che con i suoi allievi è più fredda di un iceberg. – Chi è la mamma di Cristiana Saitta? – si informa.

– Sono io. Dov'è mia figlia?

– Ancora dentro la sala. Sta dormendo.

– DORME?! – chiedono in coro l'Ologramma, Madame Arabesque e la Sballerina.

– Esatto – conferma la direttrice. – Durante l'esame Cristiana non riusciva a stare in piedi, si accasciava sulla sbarra e così le abbiamo detto di sedersi un attimo. Lei non ha risposto ma, fluttuando come un fantasma, si è diretta verso la panca, si è seduta e si è subito addormentata.

– Una straordinaria interpretazione della *Bella Addormentata* di Tchaikovsky – se la ride quella svitata della tua amica.

– Scusi, e l'esame? – sussurra Mamma Ologramma.

– Signora, mi è bastato guardare un attimo sua figlia negli occhi per capire che quella ragazzina ha un problema da risolvere ben più importante di questo esame – la gela la Titanic.

E due. Dopo Madame Arabesque, ora anche una

signora mai vista prima rimprovera tua madre per non essersi accorta del mostro che è entrato dentro di te.

– Tu dovevi interpretare la variazione di Kitri nel primo atto. La scena del sogno è nel secondo – ti dice la Sballerina svegliandoti dolcemente. Poi, notando divertita il tuo sguardo stralunato e confuso, ti chiarisce: – Sì Cristiana, hai dormito! Si vede che era un esame troppo noioso per una stella come te!

– Mamma mi ammazza!

– Di sicuro. Ma ti giuro che io combatterò con tutte le mie forze perché ciò accada... dopo che ci siamo divorate una coppa di gelato! Almeno recuperi un po' di energie.

«Da quanto tempo non mangiavo qualcosa di così buono» stai pensando quando vi raggiunge Mamma Ologramma.

– Come stai farfallina?

– Ora bene. Questo gelato è meravigliosamente calorico – le rispondi con un'ironia che lei non capisce.

– Pianeta Terra saluta la stella splendente! – ti dice la Sballerina, dandoti un bacio e lasciandoti sola con l'Ologramma.

Che riprende subito a parlarti: – Mi spiace per come

sono andate le cose oggi. Hai sempre sognato di poter fare questo esame.

– Appunto, l'ho sognato anche oggi – ribatti rassegnata.

– Ho una proposta da farti – cambia argomento l'Ologramma.

– Quale?

– Che ne dici se ci facciamo un viaggio solo noi due? È da tempo che vorrei portarti in qualche bel teatro a vedere uno spettacolo di danza. Decidi tu: preferisci uno spettacolo dell'Opéra di Parigi o uno del Royal Ballet a Londra?

– Perché non andiamo in Spagna, invece?

– Certo, preferisci vedere uno spettacolo di Flamenco?

– No, la corrida.

– La corrida?

– L'arena dei tori è il luogo più adatto a una come me.

– Cristiana, smettila di dire scemenze. Dammi qualche settimana per sistemarmi con il lavoro e poi decidiamo dove andare.

Per un attimo l'Ologramma ti ha sorpresa: sinceramente preoccupata per le tue condizioni, non ha nemmeno guardato il cellulare mentre ti parlava. E l'idea di partire subito con lei ti era sembrata quasi eccitante. Invece l'illusione è durata poco.

– Certo! – le rispondi sorridente. Intanto pensi: «Qualche settimana... Le basterà molto meno per dimenticarsi quello che mi ha appena promesso».

Sei messaggi. Tutti senza risposta. Due glieli hai mandati prima dell'esame, quattro dopo per sapere com'era andato. Quando hai telefonato a casa, non ha risposto nessuno. E questa mattina non la vedi.

Ora sei ufficialmente preoccupato per Cristiana. Per questo sei sceso alla sua fermata, nel caso avesse tardato e non fosse riuscita a prendere il tuo stesso autobus. Dopo averla aspettata per dieci minuti, sali su un altro mezzo e fili a scuola.

– Scusi il ritardo – dici allo Sceriffo entrando in classe dopo aver convinto il bidello a riaprirti. Il portone era stato chiuso da un paio di minuti.

– Tranquillo Ruggero! – ti accoglie il prof. – Stavo giusto per spiegare alla classe la novità di quest'anno per essere ammessi all'esame di terza media.

Tra i tuoi compagni si diffonde un mormorio preoccupato.

– Tra un paio di settimane sosterrete un test su tutto il programma – riprende lo Sceriffo. – Ma non vi dovrete preparare singolarmente. Sarete divisi in gruppi. Ognuno di voi dovrà impegnarsi al massimo per non compromettere il percorso scolastico degli altri compagni. Il gioco di squadra è un'esperienza che, come capirete, vi sarà utile per tutta la vita. I gruppi verranno stabiliti adesso.

Tra i ragazzi si scatena il caos. Tutti si alzano per avvicinarsi ai compagni con cui vanno più d'accordo. I Fulminati sono già perfettamente schierati intorno a GTA, mentre l'Amico Esotico è stato circondato da altri ragazzi.

L'unico rimasto solo, come previsto, sei tu. Ti sta venendo un nuovo attacco di panico quando il professore fa una precisazione.

– Calma, ragazzi, non ho mai detto che avrei lasciato a voi la scelta di formare i gruppi. Sarò io a stabilire la composizione delle squadre.

Infine, dopo avervi guardati tutti negli occhi, divertito dalla vostra agitazione, annuncia: – A dire il vero, li ho già fatti!

Adesso il compagno in preda a un attacco di panico è un altro: il Gran Tamarro Annullato.

Scienza Occulta

Sono già passate due settimane, e in 3ªB non si parla d'altro che del megaquiz a squadre. Il grande giorno sta per arrivare e, bisogna riconoscerlo, l'idea dello Sceriffo ha destato molta eccitazione. Ma anche una certa insofferenza: non tutti, infatti, sono contenti dei gruppi formati dal professore di italiano.

Nel tuo, Ruggero, ci sono l'Amico Esotico, l'Oroscopo e due compagne tra le meno popolari, ma molto pacate e studiose: la Sciroppata è una pallida biondina che si prende sempre lo sciroppo per la tosse e cha fa poi sciroppare a voi i suoi *COFF COFF*; la Sfinge è una moretta taciturna e più bassa di te, che parla poco ma dice solo cose giuste.

Non è un caso che i tuoi compagni siano stati selezionati tra i più tranquilli della classe.

Lo Sceriffo e la Bussola vogliono farti ritrovare la serenità.

Lo stesso ragionamento, ma al contrario, è stato fatto per la composizione della squadra del Gran Tamarro Abbandonato: nessuno dei Fulminati Spettinati è con lui. L'obiettivo è indebolirlo e, magari, sensibilizzarlo. Per questo deve restare isolato, senza i suoi soldatini a farlo sentire forte e arrogante. A metterlo in riga sarà Scienza Occulta, che non solo è una delle più brave della classe ma anche la più tosta. Una vera dura che non teme nessuno, figuriamoci un bullo come lui.

Con il viso sempre nascosto dagli arruffati capelli neri e con una fissazione per maxi-pantaloni, maxi-pullover e tutto quello che di maxi si può indossare, Scienza Occulta è stata più volte scambiata per un maschio dagli studenti delle altre sezioni, incapaci di distinguere che cosa si celasse sotto quella chioma confusa e quei vestiti extra-large. Il suo unico problema sei tu, Ruggero. Scienza Occulta passa le ore a studiare per strapparti la corona di primo della classe e spera di riuscirci entro la fine dell'anno. Figuriamoci, quindi, il suo disappunto nel ritrovarsi in squadra insieme a quello scansafatiche di GTA.

«Non voglio perdere questa sfida per colpa di una mela marcia come te» lo ha avvisato subito lei, senza nemmeno degnarlo di uno sguardo.

Caro Daniele,

volevo ringraziarti per i tuoi consigli. È proprio vero quello che dicevi: non sono solo come credevo. Ogni tanto sento ancora qualcuno dire "miao" alle mie spalle, mentre qualcun altro si sbaglia e mi chiama Gattonero.

La cosa più importante, però, è che i bulli della classe sembrano essersi dimenticati di me. Resiste anche lo zaino nuovo che mi ha comprato mamma: nessuno lo ha lanciato sotto una macchina. Insomma, sto recuperando la fiducia in me stesso. Se va avanti così, tra un po' mi sentirò pronto a sfidare la Juventus da solo!

Un caro saluto dal più ultrà dei tuoi follower.

Ruggero

Mandi l'e-mail, spegni il computer e ti metti a studiare.

Stai ripassando?

Scienza Occulta ha deciso di tenerti sotto controllo, GTA. Per questo ti scrive continuamente su WhatsApp: vuole essere sicura che ti prepari per il test.

Ho finito ora l'allenamento di calcio rispondi scocciato.

Ricordati che devi ripassare tutto Pascoli, insiste lei.

Oggi è un problema. Ho lasciato lo zaino nel bauletto dello scooter di mio fratello. Non tornerà a casa prima di cena.

Dove sei? si informa la ragazza, già nel panico.

In via Cazzaniga, al Football Club Enotria.

Perfetto, allora passa da me, siamo vicini: sto iniziando la lezione di tennis in via Feltre. Così dopo puoi venire a studiare a casa mia.

Ok rispondi, stramaledicendo dentro di te lo Sceriffo e l'invenzione dell'esame di gruppo.

Arrivato al Tennis Club Ambrosiano, chiedi dove puoi trovare Scienza Occulta. Mentre cerchi il campo, il tuo sguardo viene attirato da una splendida ragazza che ti sorride timidamente. Non conoscendola, ti guardi subito intorno: sospetti che quel sorriso sia indirizzato a qualcun altro. Poi, appena sei sicuro di essere l'unico spettatore, torni il solito bullo spocchioso.

«Sei proprio un figo» ti dici da solo. Orgoglioso per aver fatto colpo sulla bella tennista senza doverti nemmeno presentare, ti dimentichi di cercare la tua compagna.

Impressionato dalla bravura e dalla grazia della ragazza, resti fino alla fine della sua lezione. Sei incantato da come riesce a rispondere energicamente a ogni colpo nonostante sembri tanto delicata. Porta i capelli raccolti in una lunga treccia nera, indossa un completino bianco e azzurro, e dal gonnellino spuntano gambe lunghe e muscolose.

Quando l'istruttore invita lei e le compagne a raccogliere tutte le palline, inizi freneticamente a pensare a una frase da dirle per attaccare bottone appena lascerà il campo. Devi inventarti una battuta brillante per riuscire a strapparle il numero di cellulare.

Ma sei disperato, perché non ti viene in mente nulla. E la fretta non aiuta.

Invece lei è velocissima e sta già per andarsene.

Quando ti passa accanto, diretta allo spogliatoio, ti lascia senza fiato: – Faccio una doccia veloce e ti raggiungo. Ci vediamo al bar tra dieci minuti.

Quella voce! Conosci quella voce! È la voce di... Scienza Occulta!

– Non è possibile – ti lasci scappare incredulo.

– Certo invece, dieci minuti mi bastano. Sono velocissima – replica decisa la tua compagna, ignara della vera ragione del tuo stupore.

Poi, però, anche lei si ferma a fissarti un attimo, stupita. Sul tuo volto, infatti, è comparso un piccolo taglio vicino al labbro. E sulle tue gambe, lasciate scoperte dai calzoncini del Milan, spiccano dei lividi che non ha mai visto su quelle dei calciatori veri. Quei segni raccontano storie che non hanno nulla a che vedere con lo sport.

– Dieci minuti e arrivo – ripete regalandoti un altro sorriso dolcissimo.

Mentre tu resti lì, immobile, come se un bug ti avesse mandato in cortocircuito.

Se in 3ªB ha tenuto banco l'esame di gruppo, nelle ultime due settimane l'argomento principale della 3ªC è stato un altro: quando si deciderà Justin Bomber a chiedere alla Faina di mettersi con lui? I due sono usciti insieme già quattro volte, incluso un pranzo romantico al *Kiosko* sotto gli occhi di tutti. Eppure il bel calciatore non si è ancora deciso a darle quel bacio che lei tanto aspetta e che, di sicuro, le farà guadagnare valanghe di like. La Divina ha infatti ordinato alle Cospiratrici di seguirla e scattare la foto di quel momento, da postare subito su Instagram.

Questa organizzazione, Cristiana, ti ha fatto scivolare in secondo piano nei loro pensieri. Ma solo momentaneamente.

Il lancio dello scopettino è stato giusto un assaggio dopo l'oltraggio di non aver portato a termine il furto telecomandato di cosmetici. E l'immagine che ti farà morire di vergogna è sempre nei loro telefonini.

Quello che, invece, è difficile capire è che cosa ci sia nei tuoi pensieri. Ti trascini da casa a scuola e da scuola a casa senza parlare più con nessuno. Ogni volta che Mamma Ologramma ha provato a dirti di andare a lezione di danza, le hai risposto di non voler avere più niente a che fare con il ballo.

Papà Altolà, interpellato dalla moglie sulla questione, l'ha risolta velocemente: «Deve ancora digerire la delusione per l'esame. Lasciamola in pace per qualche giorno».

L'Ologramma, presa dai suoi numerosi impegni di lavoro, si è lasciata convincere che fosse la soluzione migliore. Il suo processo si avvia alla fase conclusiva e la tensione sembra aver spazzato via la promessa di partire con te.

Almeno nessuno ti disturba più mentre te ne stai buttata sul letto. Spesso non ti ricordi nemmeno di sostituire i libri nella borsa, finendo per portare a scuola quelli sbagliati. Dal canto loro, i tuoi professori si sono dimenticati di guardare oltre la cattedra. Se avessero letto nei tuoi occhi, come ha fatto la Titanic, si sarebbero accorti subito che il loro verde ha perso vivacità: invece si sono limitati a mettere brutti voti sulle verifiche che un tempo consegnavi impeccabili. Senza interrogarsi sul tuo improvviso calo di rendimento.

Spesso chiedi di non andare a scuola e, almeno la metà delle volte, ottieni il consenso dell'Ologramma. Che ha provato anche a restituirti il cellulare. Ma le hai ribadito di non volerlo più. Ti sei tenuta lontana da ogni tipo di social. Ecco perché non ti sei accorta di quello che Justin Bomber ha scritto sul suo profilo Instagram.

È il commento a due foto che ha postato: in una ci sei tu mentre fai la spaccata in volo (anzi, scusa, il *grand jeté*), nell'altra c'è lui con la maglia dell'Inter.

Ciao Kitri! Sapevi che lo stadio San Siro viene chiamato "la Scala del calcio"? I nostri destini sono legati per sempre: tu ballerai alla Scala e io giocherò alla Scala. Spero che un giorno verrai a tifare per me. Di sicuro io verrò ad applaudire te. Lo abbiamo sognato, lo stiamo realizzando. Insieme.

– Andate in gita oggi?

– No, Rug, perché me lo chiedi?

– Perché allora ti sei dimenticata i libri, Cri – ti fa notare il tuo amico.

È vero! Sei uscita senza prendere la borsa. D'altra parte non serve nel pianeta del silenzio dove ti sei trasferita da tempo, sperando di sprofondare sott'acqua il prima possibile. Alzi le spalle indifferente.

– Mi farò prestare carta e penna.

– Sicura di stare bene? Da giorni sembri lontana anni luce dalla solita perfettina un po' rompiballe di sempre – scherza Ruggero.

– Meglio, no? Ho semplicemente deciso che non sarò

più una rompiballe – annunci seria scendendo dall'autobus. Poi acceleri il passo e lo lasci un po' indietro.

– Cristianaaa! – ti chiama il tuo amico sorpreso.

– Ruggerooo! – lo blocca Oroscopo. – Ho passato la notte a studiare la posizione delle stelle. Brutte notizie: il giorno del megaquiz è sconsigliato sfidare la fortuna ai Sagittario, Cancro e Pesci.

– Qualcuno di noi è Sagittario, Cancro o Pesci?

– Non lo so!

– Tranquillo: se studiamo, la sfortuna fa la fine della Lazio, sconfitta 2-0 dall'Inter!

– Saitta, è mooolto meglio se non ti fai vedere in classe – ti avverte a bassa voce la Wrestler sulle scale che portano all'ingresso della Matteotti.

– Che cosa vuoi? – domandi in un tono che non indica né stupore né preoccupazione. Ma solo noia. Sei stufa di loro. Sei stufa di tutti.

Non puoi immaginare la rabbia che ha scatenato nella Faina il post del Bomber. Da settimane la biondina non fa che prepararsi al momento del bacio con il più figo della scuola, vantandosi con chiunque. E, invece, ecco quella dichiarazione d'amore pubblica per una rivale di cui lei si era quasi dimenticata. Quasi...

Le Cospiratrici, tra l'altro, hanno iniziato a non

apprezzare più i modi della loro compagna. Soprattutto perché, in fondo, la Divina si è rivelata più umana di quel che pensavano. Per loro rappresentava un modello di perfezione da imitare. Ma alla prova dei fatti i ragazzi non se la filano per niente.

– Ti avevamo avvisato di lasciar perdere i nostri amici – ribadisce la Wrestler. Nel frattempo, si uniscono a voi anche le altre Adulatrici.

– Terribilissimo! *Eeetcììì*! Non ce la posso fare, si sta avvicinando... – si allarma l'Amica Allergica nel vedere i vaporosi boccoli biondi della Divina Faina.

Ma tu non fai caso alle sue parole, forse non l'hai nemmeno sentita. Ti limiti a ricordare alla Wrestler: – Ho lasciato perdere tutto, non solo il vostro amico.

– Dovresti sapere che lui adesso ha un'altra per la testa. Ecco perché non vogliamo più vedere messaggi come quello che ti ha dedicato ieri – ti informa la Cicala, senza rendersi conto della stupidaggine appena detta.

Prima che qualcun'altra possa aggiungere nuove minacce, decidi di mettere a tacere il gruppetto una buona volta, spiazzandolo con la tua sincerità: – Invece di prendervela con me, dovreste aiutare la vostra amica a tenersi un ragazzo! È evidente che il problema non sono io, se tutta quella cattiveria non le ha fatto guadagnare nemmeno un bacio –. Poi ti giri e te ne vai.

La Faina è arrivata giusto in tempo per sentire le tue parole. E per avere una certezza: non ha mai odiato nessuno tanto quanto sta odiando te adesso.

Davanti alla ferocia del suo sguardo, nessuna delle Cospiratrici ha il coraggio di parlare. Anche l'Amica Allergica resta in silenzio, portandosi le mani alla pancia.

– Dove vai, Saitta? – ti chiede Flauto Magico incrociandoti mentre scendi le scale.

– Non ho preso i libri – le rispondi frettolosamente.

– Non importa, in qualche modo faremo – cerca di fermarti l'insegnante di musica. Ma tu non l'hai sentita. O forse sì.

Avete due ore di tempo per rispondere a quaranta domande di letteratura, grammatica e storia, le materie dello Sceriffo. Per ogni quesito ci sono diverse possibilità di scelta: voi dovete trovare quella giusta.

Siete divisi in cinque gruppi da cinque studenti l'uno. Una vera sfida alla pari che ha reso molto sodisfatto il professore: oggi nessuno è assente. A renderlo molto meno soddisfatto sono i mostruosi strafalcioni che sente passeggiando tra i banchi.

Il migliore esce dalla bocca di Moviola, che afferma convinto: – La Prima Guerra Mondiale è durata dalle 14 alle 18.

Lo Sceriffo non capisce invece di chi è la voce (femminile) che riesce a convincere la sua squadra: – Fidatevi di me: su “sta” ci vuole l’accento!

«L’obiettivo era risolvere un problema di bullismo, non fare miracoli» si dice da solo il prof per consolarsi.

Infatti, gli fa piacere vedere Scienza Occulta e GTA darsi il cinque ogni volta che trovano la risposta giusta.

– Fare un’analogia significa fare un paragone e non una citazione – suggerisce il Gran Tamarro Allenato.

– *Gimme five!* – gli dice la tennista, che poi trova un’altra soluzione: – La poetica del fanciullino è di Pascoli e non di Leopardi.

– *Gimme five!* – le sorride GTA, che poi scambia il cinque anche con il resto della squadra. È contento di poter finalmente ottenere buoni risultati senza prevaricare nessuno, ma solo grazie alle sue capacità.

Poi lo Sceriffo si mette a sbirciare che cosa succede tra i banchi della tua squadra. E scopre che i tuoi compagni non ti sopportano più, Ruggero!

– La so io: superlativo relativo! La so io: la sconfitta avvenne a Caporetto! La so io: *I Malavoglia* è di Verga! –. Non dai il tempo agli altri di rispondere.

– Basta, Ruggero! Fai indovinare anche noi! – si lamenta la Sciroppata.

– Mi sai dire di che segno è uno che non sta mai

zitto un attimo? – chiede l'Amico Esotico all'Oroscopo.

– A saperlo non studiavo così tanto – conclude seccata la Sfinge.

– Facciamo così: se dopo dieci secondi non abbiamo la risposta giusta, chiediamo a te. Va bene? – propone la Sciroppata.

– Scusate, ragazzi, è che ho in mente i video *Le 100 cose che non sai* di Daniele Doesn't Matter. E lui parla sempre velocissimo, così mi viene voglia di imitarlo – ti giustifichi.

Dopodiché continuate a risolvere il quiz in armonia, scoppiando anche a ridere quando riferisci ai compagni qualche battuta del tuo youtuber preferito.

– A me sembra simpatico. Ma poi ripenso a quello che ha scritto di tutti noi su Instagram e mi fa rabbia – dice la Sciroppata appena ti allontani per consegnare allo Sceriffo i fogli protocollo con il vostro lavoro.

– Ma non l'avete ancora capito? – sbotta l'Amico Esotico, raccontando velocemente ai compagni di squadra del tuo furto d'identità.

– Quindi non è stato Ruggero a scrivere che dovrei morire avvelenato da Scorpione? – chiede Oroscopo.

– Quindi non è stato Ruggero a scrivere che dovrei strozzarmi con un colpo di tosse? – si sorprende la Sciroppata.

– Io l'avevo intuito... – annuncia la saggia Sfinge. – Da qualche giorno ho ripreso a seguirlo su Instagram.

– Abbiamo consegnato per primi, speriamo che conti nell'assegnazione della vittoria finale! – annunci tornando dai tuoi compagni, che ti accolgono battendo le mani entusiasti. La rivelazione del siriano ha sciolto in un attimo l'equivoco che ti ha condannato per giorni.

«Che bello sorridere in compagnia degli amici» pensi.

– Secondo me abbiamo risposto bene a tutto – commenta convinto GTA uscendo da scuola.

– Anche se gli altri erano sicuri che con l'Unità d'Italia fosse finito il Rinascimento invece del Risorgimento! – ride Scienza Occulta.

– Incredibile! – commenta il ragazzino, che fino a qualche settimana prima non aveva mai sentito parlare del Risorgimento.

– Be', anche tu però non ricordavi bene chi fosse Don Abbondio e chi Fra Cristoforo – lo sfotte lei.

– Ma no, stavo scherzando – arrossisce GTA.

E così, chiacchierando e sorridendosi, i due si ritrovano al *Kiosko*.

– Posso venire a vederti giocare un'altra volta? – domanda lui offrendole una spremuta d'arancia.

– Certo. Ma solo se poi posso venire a fare il tifo per

te – dice lei, guardando con tenerezza il nuovo livido sul braccio del compagno.

– Cristiana, ti lascio il cellulare – dice Mamma Ologramma, ormai abituata a vederti stesa sul letto, girata su un fianco. Preferisci darle le spalle. – L'ho caricato per sbaglio, pensando fosse il mio.

Sai che è una bugia. Negli ultimi giorni mamma ha provato a scuoterti, ma tu l'hai sempre respinta. Non ti fidi di lei, non ti fidi di Papà Altolà, non ti fidi dei professori. «Più facile che intervenga un alieno in mio soccorso piuttosto che qualcuno di loro» ti ripeti.

Però, nonostante tu stia affogando nell'indifferenza e nella rassegnazione, sei curiosa di sapere che cosa ha scritto Justin Bomber per far arrabbiare tanto la Divina Faina.

Nello stato di confusione in cui ti trovi, non ricordi nemmeno da quanto tempo non usi il cellulare. Appena lo accendi, si sente subito il *toc toc* dei messaggi mai letti su WhatsApp. Pochi, a dire il vero.

Ci sono quelli della Sballerina, di Ruggero e di Justin Bomber che ti augurano in bocca al lupo per l'esame alla Scala. Poi ci sono quelli di Ruggero che vuole sapere come è andato l'esame.

Scopri che ti aveva scritto anche l'Amica Allergica:

Spero che tu sia entrata nella Scuola di Ballo della Scala. Lo meriti.

Ti fa molto più piacere leggere quelle parole che la dichiarazione di Justin Bomber su Instagram: ha avuto un pensiero carino, ma tu sai che non ballerai mai alla Scala. Il tuo sogno è naufragato prima di te.

Con questo pensiero rimetti a posto il cellulare. Stai per spegnerlo, quando arriva un altro *toc toc*. È un messaggio appena scritto. Ancora l'Amica Allergica.

Ho cercato di impedirlo. Mi dispiace.

Segue un altro messaggio con un link.

Senza pensarci, ci clicchi sopra e lo apri.

Sul tuo telefonino compare un tuo nuovo profilo Instagram.

Si chiama *CRISTIANA PU77ANA*.

La foto che lo accompagna è naturalmente quella di te nuda.

In quel momento senti che stai morendo. Ma, come al solito, non ti viene da piangere. Al contrario, scoppi a ridere. E mormori: – Avete vinto!

Daniele Doesn't Matter

Tutti convocati in aula magna. La Bussola vuole parlare agli studenti della Giacomo Matteotti. Ragazzi e professori sono stupiti: nessuno conosce la ragione dell'improvvisa adunata voluta dalla dirigente scolastica.

– Ruggero, sai perché siamo qui? – ti chiede l'Amico Esotico.

– No – rispondi tu distrattamente.

Stai cercando Cristiana. In autobus non c'era e hai pensato che fosse assente anche oggi, come negli ultimi giorni. Ma pochi minuti fa hai sentito il Sergente Serpente raccontare come, entrata a scuola, sia stata bersagliata da battutine volgari.

«Volevamo tutti vedere meglio le sue tette!» ha riferito agli altri Fulminati ridacchiando.

«Povera Cri» stai pensando.

Anche se non ti spieghi l'origine di quella foto.

Quello che non ti ha sorpreso, invece, è la cattiveria dei commenti apparsi sotto l'immagine. Quasi cinquecento: ha fatto il pieno! E tu, Ruggero, sai bene come ci si sente a essere insultati. Infatti hai subito provato a chiamarla, ma il suo telefono era sempre staccato. Ieri pomeriggio sei anche andato sotto casa sua, però al citofono non ha risposto nessuno e il portiere ti ha detto di non vederla da qualche giorno.

– Speravo che oggi annunciassero i vincitori del test, – continua l'Amico Esotico – ma che c'entrano le altre classi? Non capisco.

– La preside sta sorridendo. Ci sarà una sorpresa – profetizza la Sfinge.

Niente, Ruggero. Continui a guardare ovunque ma non la vedi. Incroci lo sguardo dell'Amica Allergica dall'altra parte dell'aula e, sperando che legga il tuo labiale, le domandi: «Dov'è Cristiana?».

Ma lei abbassa gli occhi e si gira da un'altra parte.

– Benvenuti, ragazzi! – esordisce la Bussola, salendo sul piccolo palco in fondo all'aula, con lo Sceriffo al suo fianco. – Volevamo informarvi di una novità che da adesso in poi coinvolgerà tutte le classi della nostra scuola. La 3ªB ha fatto da apripista e il risultato è stato straordinario. Lavorare in gruppo e affrontare una verifica come fosse una competizione tra amici ha spinto tutti a dare il massimo. In questo modo, gli studenti più bravi sono stati da stimolo per chi fatica un po' di più, aiutandoli a recuperare dove sono in difficoltà. E studiare in compagnia ha reso meno sgradevole il tempo trascorso sui libri.

Queste ultime parole fanno girare la testa spettinata di GTA verso quella ancora più scapigliata di Scienza Occulta. I due si sorridono timidamente. Mentre gli altri Fulminati si domandano *che cosa* ci trovi di interessante il loro amico in quella sorta di massa informe di abiti e capelli.

– Per questa ragione, – riprende la preside – abbiamo deciso che la nuova formula dell'esame di gruppo sarà adottata da tutte le classi della scuola a partire dal prossimo anno scolastico. I voti ottenuti saranno fondamentali per la promozione o, nel caso delle terze, per l'ammissione all'esame.

Un brusio poco convinto accompagna la fine dell'intervento della Bussola. Che passa la parola allo Sceriffo.

– Buongiorno, ragazzi. Inizio subito chiedendovi scusa. Perché ho mentito. Ebbene sì, ho mentito ai miei studenti.

Voi ragazzi della 3ªB vi guardate preoccupati. Che cosa vorrà dire?

– Sono sempre più sicura: ci sarà una sorpresa – ribadisce la Sfinge.

– Avevo promesso ai miei ragazzi che avrei premiato la squadra vincitrice del megaquiz – spiega il professore all'attenta platea di studenti. – Avevo assicurato che i componenti del quintetto migliore avrebbero avuto dei voti talmente alti che la loro media si sarebbe impennata. Invece ho cambiato idea. Non ci sarà un vincitore. Sarebbe ingiusto. Sono stati tutti bravissimi!

– Mi sa che hai ragione – sussurri alla Sfinge.

– Per farmi perdonare ho pensato di... – lo Sceriffo si blocca di colpo. La sua espressione è turbata, come se avesse visto un ladro rubargli lo scooter. Invece ha intercettato Cristiana prima di te, Ruggero. È seduta dalla parte opposta alla tua, attaccata al muro, vicino a delle ragazzine di prima media. Non è una sua allieva, ma la conosce di vista ormai da tre anni e da qualche settimana sta attirando la sua attenzione. Perché sospetta che quel volto sempre più scavato e pallido sia indice di qualcosa di brutto. E l'espressione assente di oggi ne è la conferma.

– Per farmi perdonare, – continua lo Sceriffo – ho pensato di far vivere un'esperienza unica alla mia classe. La dirigente scolastica ha però suggerito di condividerla con tutti gli altri studenti della scuola.

I ragazzi battono le mani e i piedi contenti. Stanno per ricevere un regalo senza aver fatto niente!

– Visto che trascorrete la maggior parte della vostra vita in un mondo virtuale, ho deciso di convincervi che quello reale può essere altrettanto stimolante. E così ho invitato una superstar del Web qui a scuola – annuncia l'insegnante.

Adesso siete tutti in silenzio, eccitati e curiosi di scoprire chi sta per uscire dai vostri schermi per materializzarsi davanti a voi.

– Vi confesso che io non avrei mai conosciuto il mondo degli youtuber, se non me ne aveste parlato in classe. Avete insegnato qualcosa di interessante anche voi a me. E allora preparatevi ad accogliere con un grande applauso... DANIELE DOESN'T MATTER!

Tutta la scuola esplode in un boato di applausi, mentre tu, Ruggero, stai per svenire dall'emozione. I tuoi compagni si girano verso di te entusiasti.

– C'è il tuo idolo, Rug! – ti scuote il siriano.

Sono certo che racconterà le sue barzellette che non fanno ridere – prevede Oroscopo.

– Ciao a tutti! – saluta Daniele entrando in aula magna.

I ragazzi rispondono battendo le mani sempre più forte.

– Che emozione rientrare in una scuola! Già, la scuola... quel magico posto dove un professore può insegnare una sola materia, ma tu te le devi studiare tutte!!!

Gli studenti scoppiano a ridere, qualcuno fischia.

Daniele riprende il suo discorso: – Quanta gente vi ripete: «Goditi questi momenti che un giorno li rimpiangerai»? Che dite, qualcuno di voi rimpiangerà la scuola?

– Nooo!!! – rispondono in coro tutti gli studenti.

– Pensate che vi mancherà l'ansia che si prova prima delle interrogazioni? O quel "magico" momento in cui arrivi in classe tranquillo per una giornata senza verifiche e senza interrogazioni ma il professore annuncia: «Bene, ragazzi, prendete il foglio protocollo. C'è una verifica a sorpresaaa!!!»? E che dire dei colloqui con i genitori? I tuoi vanno a scuola a parlare con i professori e tu, che non hai mai aperto un libro in vita tua, ti fai trovare al loro ritorno con la testa tra le pagine, come un ricercatore della Nasa, intento a fare i compiti. Ma il migliore è il professore di italiano...

Adesso fissate tutti lo Sceriffo, che si sente chiamato in causa.

– La frase più bella per parlare di voi è sempre questa: «Suo figlio potrebbe, ma non si applica». Ma che ne sai tu di che cosa potrei fare io?! Mi applico ma mi dai sempre 4! L'unico che potrebbe fare qualcosa sei tu, regalandoci voti più alti!

– Sììì – gridano i ragazzi, mentre lo Sceriffo fa segno di no con la testa.

– E sapete qual è la domanda che fanno sempre gli insegnanti ai genitori? – chiede Daniele. – «Gli date abbastanza stimoli a casa?». Una volta, stufo di sentirselo ripetere, mio padre ha risposto: «Stasera lo stimolassi io. Lo prenderebbi a bastonate appena rientrasserò a casa!». Dopo aver passato il pomeriggio a pregare, sai che il tuo destino è comunque segnato. E così, la minaccia più pericolosa che mi facevano i miei genitori era: «Ti mandiamo in collegio!». Nooo, il collegio no! Alle mie orecchie era l'equivalente della galera! Una prigione gestita da professoresse cattivissime.

Stavolta sono la Bussola, la Svampita, la Big Ben e Flauto Magico a sentirsi in imbarazzo.

Gli applausi accompagnano lo show dello youtuber, che ne ha davvero per tutti: – Vogliamo parlare dei secchioni? Durante le verifiche non ti suggeriscono neanche sotto tortura, rispondendoti: «Non so niente, non ho studiato». E poi prendono 10. Bastardi! L'unico che prova sempre ad aiutarti è il tuo migliore amico, che però ha studiato ancora meno di te! «Oh Andrea... Andrea!» «Che vuoi Dani?» «Come hai risposto alla

4?» E lui sicuro: «La pressa della pastiglia!!!» «Ma sei scemo?! È la presa della Bastiglia! E poi stiamo facendo la verifica di matematica!!!»

Ruggero ha le lacrime agli occhi dal ridere. O forse è commosso nel trovarsi così vicino al suo idolo.

– Quindi, ricapitolando: ansia per le interrogazioni, ansia per i genitori, ansia per i troppi compiti, ansia per lo studio, ansia per gli insegnanti cattivi, ansia per i voti bassi. Avrete davvero nostalgia di tutto questo? – vi domanda Daniele Doesn't Matter.

In aula magna è calato il silenzio.

– Sì! – prosegue lo youtuber. – Perché quando sarà tutto finito, saranno solo i bei ricordi quelli che conteranno: i compagni di classe, i primi amori, i momenti divertenti. Godetevi questi momenti, perché un giorno li rimpiangerete.

Stavolta i primi ad applaudire sono i docenti della Giacomo Matteotti. Poi si uniscono gli studenti, battendo forte anche i piedi sul pavimento.

– In realtà ho ancora qualcosa da dirvi – annuncia Daniele, facendosi improvvisamente serio. – Come sapete sono uno youtuber, cioè una persona che vuole condividere un messaggio. Di solito mi diverto a raccontarvi le mie "barzellette che non fanno ridere" o a stupirvi con "le 100 cose che non sapete". Stavolta, invece, voglio ricordarvi un'altra cosa: ognuno di voi è una persona speciale. Nonostante ciò, a ognuno di voi capiterà di avere dei problemi. Perché la vita non è fatta solo di cose belle. E quando dobbiamo affrontare delle difficoltà, tendiamo ad abbatterci, pensiamo di essere i più sfortunati del mondo. Non è così. Molte persone mi scrivono: «Beato te che ti diverti e non hai problemi». Sbagliatissimo. Quando avevo la vostra età sono stato vittima di bullismo a scuola. Perché vi dico questo? Perché io sono la dimostrazione che tutte le cose brutte che ci possono capitare oggi ci renderanno più forti domani. Le difficoltà devono essere prese come prove da affrontare. E non abbiate paura dei bulli: sono solo dei deboli in cerca di conferme e attenzioni. I primi a poterli aiutare sono proprio le vittime, denunciando i loro comportamenti scorretti. Fatelo cercando supporto nelle persone che vi vogliono bene: amici, professori e soprattutto la famiglia. Parlare dei vostri problemi non è sintomo di debolezza. Anzi, è la dimostrazione che siete capaci di reagire. E ricordatevi: non siete soli!

Daniele fa un inchino e, dopo essersi preso gli ultimi applausi scroscianti, vi saluta e lascia l'aula magna.

Tra i più attenti al discorso sul bullismo c'era proprio il Gran Tamarro Ammirato, che da un po' di tempo sta riflettendo sui propri comportamenti aggressivi e su ciò che li provoca: il suo grande segreto. Le parole dello youtuber gli fanno venire voglia di gridare a tutti la sua rabbia. Ma teme di non essere compreso e sceglie di tacere.

Resta in silenzio anche quando ti incrocia all'uscita dall'aula magna e tu, spaventato, cambi velocemente strada.

Stai ancora cercando Cristiana, però non sei più il solo.

Durante lo show di Daniele Doesn't Matter, lo Sceriffo si è seduto accanto ad alcuni ragazzi della 3ªC e, facendo il vago, ha chiesto come mai la loro compagna si fosse seduta così lontana. Molto imbarazzati, un paio di loro ha commentato che forse si vergognava per la foto. Da lì è stato un attimo venire a sapere qualcosa in più. Finché un altro ragazzo non gli ha indicato l'Amica Allergica come sua ex migliore amica.

Presa da parte, alla fine dello show, la ragazza è crollata e ha raccontato tutto in lacrime.

Non vedendo più Cristiana, lo Sceriffo si dirige dalla Svampita, sicuro che la professoressa si sia accorta di quello che sta accadendo. Ma il suo atteggiamento lo manda su tutte le furie.

– Sono solo delle sciocche che si divertono a farsi i dispetti – minimizza la collega.

– Non hai visto che aspetto ha Cristiana? Quelle occhiaie, quel pallore, quella magrezza! Ti sembrano il risultato di un dispetto? Io ci leggo una sofferenza senza confini. Che a tredici anni non è accettabile. Mi hanno detto che le hanno fatto mangiare cibo da terra, le hanno lanciato addosso lo scopettino del bagno, hanno pubblicato una foto in cui è nuda... –. Lo Sceriffo è sconvolto dall'indifferenza della docente.

– È tremendo, ma sono le cattiverie che si fanno gli adolescenti di oggi. Non rientra certo tra le mie competenze controllare i dispetti che si fanno con i loro smartphone.

– Ma rientra tra le tue competenze accorgerti se un'allieva sta soffrendo in quel modo. È tuo dovere capire la differenza tra uno scherzo e un accanimento. Uno scherzo, per quanto sgradevole, non può cancellare la gioia dal volto di una ragazza allegra e piena di interessi. Uno scherzo fa arrabbiare, non perdere l'autostima. E chi subisce uno scherzo sa reagire, chi è vittima di bullismo no.

– Apprezzo molto come ti stai impegnando sull'argomento, ma ti prego di non giudicare il mio lavoro. Casomai è compito della dirigente scolastica – reagisce seccata la professoressa.

– Infatti è proprio dalla preside che sto andando.

Per avvisarla di chiamare la Polizia Postale prima che sia troppo tardi! – urla lo Sceriffo lasciando la collega in mezzo al corridoio decisamente preoccupata. Ha appena scoperto che le si è staccato un pezzo di smalto da un'unghia. Questa sì che è un'ingiustizia: con quello che le è costata la manicure!

– Saitta, tirati su la magliettina, facci vedere quel tesoro!

– Cristianaaa, posso scattarti io le prossime foto?

– Quando balli sei nuda solo sopra o anche sotto?

– Dopo che ci hai fatto vedere, ci farai anche toccare?

Una persecuzione. I compagni non ti risparmiano le loro battute neanche davanti ai professori. Ti accorgi che alcuni docenti non le capiscono, così come ti è chiarissimo che altri vorrebbero addirittura rimproverarti per essere stata tanto superficiale. Il loro silenzio, comunque, non fa altro che autorizzare i ragazzi a infierire senza sosta. Quella foto rappresenta uno scandalo troppo succulento per la loro età. E, infatti, ci si tuffano con tutta la loro incosciente malignità.

I genitori dell'Acidella e della Bionda Nauseabonda hanno perfino sconsigliato alle figlie di frequentarti. Se sapessero che sono state proprio le loro innocenti creature ad architettare tutto…

Il successo delle Adulatrici Cospiratrici è talmente evidente che quasi quasi vorresti andare da loro a congratularti. Non è l'orgoglio a frenarti: quello è stato inghiottito tempo fa dalla loro cattiveria. È solo che non senti più il bisogno di fare nulla. Sei tornata a scuola solo perché Mamma Ologramma ha insistito. Sapevi che, prima o poi, sarebbe successo. Ma tanto non importa. Cos'altro potrebbe accaderti ora? È finito tutto. Tu hai perso e loro hanno vinto. Non ti è chiaro che cosa abbiano vinto, ma non ti interessa saperlo.

– Ciao Cristiana! – ti sorprende il saluto gentile dello Sceriffo.

Ruggero ha sempre detto di avere un insegnante speciale. Lo fissi senza parlare.

– Cristiana, mi senti? – insiste il professore.

– Sì.

– Hai voglia di fare due chiacchiere? So che c'è stato qualche problema ultimamente... – ti propone.

«Ora è tardi» pensi. «Ora è troppo tardi. È finita, loro hanno vinto e io ho perso.»

Ma non ti va di dirglielo. Allora sorridi, anche se in realtà le tue labbra non si sono mosse, e lo rassicuri: – Grazie, ma non sono mai stata meglio. Non avrò più problemi.

Il tono freddo delle tue parole lo ha congelato. Per

alcuni istanti lo Sceriffo rimane immobile a guardarti. Poi il sangue riprende a circolargli con una rabbia che non ha mai provato in tanti anni di lavoro.

Quando entra nell'ufficio della dirigente scolastica, sembra posseduto dal demonio.

– Professore, devo chiamare un esorcista? – chiede la Bussola preoccupata.

– C'è una telefonata più urgente da fare.

L'Amica Allergica

È spuntato all'improvviso. Si era nascosto dietro un albero. Un vero agguato!

– Ciao Ruggero! – ti saluta GTA sorridendoti.

Dallo spavento, il tuo viso perde diverse tonalità di colore. Tu invece non perdi tempo: scappi così velocemente che sembri pronto per la finale olimpica dei cento metri.

– Fermati, non puoi sfuggirmi! – ti avverte il bullo della scuola, che ti sta inseguendo come un'ombra.

Ha ragione, Ruggero. Rifletti: è alto il doppio di te. Questo significa che anche le sue gambe sono lunghe il doppio delle tue. E, di conseguenza, corre il doppio più veloce di te.

D'altra parte non puoi nemmeno cedere: se è grosso il doppio degli altri, vuol dire che può farti il doppio del male rispetto a qualunque altro bulletto della sua gang. In piena fuga, stai cercando un modo per accelerare. La prima cosa che ti viene in mente è alleggerirti: così ti sfili lo zaino pieno di libri e lo getti contro le sue gambe. Magari inciampa e rallenta un po'...

L'illusione dura poco. GTA ti riprende subito, poi ti supera. Corre ancora qualche metro davanti a te e, all'improvviso, si blocca. Si gira e ti aspetta con il tuo zaino in mano.

– Questo è troppo figo per rovinarlo – dice restituendotelo.

Non ti muovi. Non ti fidi. Lo guardi con aria sospettosa, in silenzio. Ti aspetti un attacco da un momento all'altro.

– Vorrei parlarti – ti propone GTA.

– ...

– Dico sul serio. Concedimi dieci minuti.

– Dieci minuti insieme a un portasfiga come me? Non hai idea di quante catastrofi ti possono accadere in così poco tempo.

– Sono sicuro che non mi accadrà nulla di male, Ruggero.

– Ruggero? Dov'è finito "Gattonero"?

– Spero sia sparito... insieme a tutte le cazzate che ho fatto.

– Certo, adesso sei pentito. E quanti soldi mi chiederai per il tuo pentimento? – lo provochi.

– Andiamo al *Kiosko*. Offro io – ti rinnova l'invito.

– Non ci penso proprio! –. E fai per andartene.

Ma lui scatta di nuovo, si rimette davanti a te e fa una cosa sorprendente. Si spoglia!

Si sfila prima il giubbotto, poi la felpa, infine la maglietta. E resta così, a torso nudo in mezzo al marciapiede.

– Ti prego, Ruggero, guarda un attimo questi lividi sul mio corpo. Aspetta... – ti dice voltandosi. – Ecco, vedi la ferita sulla schiena? Questa è fresca di giornata!

– Sì, la vedo – rispondi, colpito da quelle lesioni.

– Per favore, permettimi di spiegarti perché sono stato tanto stronzo con te. Solo dieci minuti.

– Ok.

In realtà vi fermate molto più a lungo. GTA parla a ruota, felice di potersi finalmente liberare dai suoi mostri. E tu lo ascolti in silenzio: sei senza parole. Nessuno dei due tocca le pizze e le bibite che avete ordinato. La sofferenza vi ha tolto la fame.

Il tuo compagno ti sta confessando dei calci e dei pugni che rimedia spesso dal fratello maggiore e dai suoi amici. Si divertono a maltrattarlo, senza motivo, e poi lo minacciano di fargli di peggio se si dovesse azzardare a parlarne con i genitori. Sua madre e suo padre partono spesso per lavoro e i ragazzi sono affidati a babysitter straniere, costrette a far finta di non vedere. Perché a volte sono state picchiate anche loro. Così stanno zitte finché non trovano un altro lavoro. Il terrore di rivivere le stesse violenze anche fuori casa ha convinto il tuo compagno a giocare d'anticipo e a diventare lui il carnefice.

– Ho pensato che se avessi spaventato io qualcuno, sarei stato lasciato in pace. Così mi sono creato questa identità schifosa. Ma non ne posso più. Negli ultimi tempi ho odiato più me stesso di quelli che si divertono a massacrare me.

Lo hai ascoltato senza interromperlo. Certo, le sue spiegazioni possono avere una logica e quei lividi sono davvero spaventosi. Però fatichi ad accettare questa giustificazione.

– Le cattiverie che mi avete fatto hanno provocato ferite dolorose quanto le tue, se non di più. Eppure a me non è mai venuto in mente di difendermi maltrattando qualcun altro – gli dici tutto d'un fiato.

– Hai ragione. Fisicamente sei il più piccolo, ma come persona sei il più grande, il migliore che abbia mai conosciuto. L'unica volta in cui mi sono sentito in pace con me stesso è stata quando ho fatto come te: ho studiato. Mi ha dato molta più soddisfazione prendere un bel voto nel megaquiz che vederti spaventato da me. L'ho capito troppo tardi, ma finalmente l'ho capito. Ti chiedo scusa per tutto il male che ti ho fatto. Ma ti capirò se non vorrai perdonarmi.

– Ora che pensi di fare con i tuoi fratelli?

– Non lo so.

– Un amico mi ha suggerito che per salvare noi stessi dobbiamo diventare supereroi e usare l'unico superpotere che abbiamo: la parola. Io ho parlato e ha funzionato.

MILAN, MILAN, SOLO CON TE. MILAN, MILAN, SEMPRE PER TE...

È la suoneria del telefonino di GTA.

– Rispondi, per favore. L'inno del Milan mi fa più orrore della tua cattiveria! – scherzi.

– Se mi perdoni, canto l'inno dell'Inter – ti promette lui prima di afferrare il cellulare e alzarsi.

Dopo una breve conversazione, GTA si riavvicina.

– Era mia madre. Mi ha detto che la preside l'ha convocata insieme a mio padre. Voleva sapere che cosa ho combinato. Non le ho ancora detto niente, ma ho chiesto di poterle parlare da solo stasera.

– Le racconterai tutto?

– Non ho altra scelta.

– Ricordati che c'è una legge. E ricordati delle parole di Daniele Doesn't Matter.

– Che cosa fai, Gattonero, mi dai consigli? Allora mi hai perdonato!

– Non mi provocare, altrimenti ti faccio colpire da un fulmine!

È più forte di te, Ruggero, non rinunci mai alla battuta.

Stavolta, però, sai anche che non sarà facile perdonare il tuo compagno. Ci vorrà del tempo, perché il male subito non si dimentica in un attimo.

Quando il Gran Tamarro Archiviato si alza per pagare, dai un'occhiata al tuo telefonino e ti accorgi di aver ricevuto numerosi messaggi da Justin Bomber.

Il calciatore ti scrive su WhatsApp di aver visto Cristiana andare verso casa come un fantasma, di averla chiamata ma di non aver ricevuto risposta. È preoccupato!

È davvero lei in quella foto su Instagram? domanda il Bomber. E poi scrive ancora: *Temo sia tutta opera di quelle iene della sua classe.*

Devi parlarne subito con la Sconnessa: come ti ripete sempre, è stata una ragazza anche lei. Di sicuro tua mamma potrà aiutare la tua amica ballerina.

– Cristianaaa! –. Mamma Ologramma è tornata a casa molto prima del previsto. – Farfallinaaa, dove sei? – chiama.

È stupita di non vederti stesa sul letto come al solito.

– Sono qui – dici, riemergendo dallo sgabuzzino con in mano le buste in cui si mettono i vestiti quando si fa il cambio di stagione.

– Che cosa fai? Non è ancora il momento di passare agli abiti estivi.

– Lo so, ma vorrei mettere un po' in ordine l'armadio. Non voglio creare disturbo costringendovi a sistemare le mie cose.

– Ma che brava ragazza! – commenta l'Ologramma. Che poi si ricorda quello che voleva chiederti. – Mi ha chiamato la preside della tua scuola. Ha detto che doveva parlarmi urgentemente. Immagino tu sappia che cosa vuole.

– Veramente no, mamma. Non glielo hai chiesto?

– Avrei voluto, ma poi mi è arrivata una chiamata importante sul telefono dell'ufficio e ho dovuto attaccare. Devo completare un atto e ho lasciato qui la borsa con i documenti che mi servono. Ora devo tornare di corsa in studio.

– Come sei rimasta d'accordo con la preside?

– Mi ha chiesto di passare da lei domani mattina. Ma

se non è successo niente spero che si risolva in fretta, perché ho un'udienza alle undici.

– Secondo me non sarà necessario andarci, stai tranquilla mamma.

– Un salto ce lo farò, ormai l'ho promesso alla preside.

Poi l'Ologramma viene verso di te e ti abbraccia forte.

«E pensare che basta così poco per far stare bene qualcuno» pensi sconsolata.

Appena tua madre esce, riaccendi il cellulare e vai su WhatsApp. Ora sta a te creare un gruppo e scegliere chi invitare. Velocemente inserisci i contatti della Divina Faina, delle Adulatrici Cospiratrici e anche dell'Amica Allergica.

Il nome del gruppo è *MI INCHINO*.

Poi scrivi di getto il tuo messaggio: *Amavo la vita, amavo ridere, amavo ballare, amavo studiare, amavo l'amicizia, amavo la famiglia. Ma voi avete reso la mia vita un inferno, avete cancellato il mio sorriso, avete paralizzato le mie gambe, avete confuso i miei pensieri, avete annullato le mie amicizie, avete fatto crollare la sicurezza di una famiglia. Mi avete anche chiesto di morire. Non avrei voluto accontentarvi: io non sono così coraggiosa. Ma la vostra è stata un'esibizione troppo convincente e non mi avete lasciato altra scelta. Per questo, come fanno le ballerine alla fine dello spettacolo, mi inchino. Ed esco di scena.*

Senza nemmeno rileggere, clicchi su "invio".

Ora devi fare un'ultima cosa. Prendi un foglio di carta bianco e disegni una farfalla. All'interno di un'ala scrivi: *Volo via, sono stanca.* All'interno dell'altra aggiungi: *Perdonatemi. Vi voglio bene.*

Poi pieghi il foglio e lo infili in una busta. La chiudi e dietro inserisci i nomi dei destinatari: MAMMA E PAPÀ.

La metti bene in vista sulla tua scrivania, poi spegni il cellulare e lo lasci accanto alla busta.

Ti infili la giacca ed esci.

Appena la Faina legge il tuo messaggio, scrive subito alle altre utilizzando la vecchia chat *#Saittastaizitta.*

L'abbiamo zittita per sempre! annuncia euforica.

Una di meno commenta la Wrestler.

Speriamo non ci ripensi aggiunge la Bionda Nauseabonda.

Ragazze, ma fa sul serio? si preoccupa la Cicala.

Forse dovremmo avvisare qualcuno propone l'Acidella.

Siete pazze?! le blocca la Faina.

Se vuole farlo, che lo faccia. Sono cavoli suoi. Noi che c'entriamo? conclude la Principessa Lessa.

Sei appena rientrato a casa quando ti arriva un messaggio. È dell'Amica Allergica.

È terribilissimo, Ruggero! Guarda che cosa ha appena scritto Cristiana!

Poi ti inoltra il testo della sua ex migliore amica. E, a seguire, ti domanda: *Che facciamo adesso?*

Non perdi tempo a risponderle. Chiami subito Cristiana. Il telefono è spento. Come un pazzo corri dalla Sconnessa, che sta lavorando a un progetto.

– Mamma, aiutooo! – strilli portandole le chiavi della macchina, incapace di trattenere le lacrime.

FINE. ANZI NO

I passeggeri stanno scendendo dall'autobus di fretta. Tutti quanti. Ma non ti sei accorto di nulla, GTA, e resti seduto continuando a guardare fuori dal finestrino, ancora vestito da calciatore e sporco di fango. La musica che ti rimbomba nelle orecchie ti ha impedito di ascoltare il messaggio dell'autista.

Una signora gentile ti dà un colpetto sulle spalle. Ti giri verso di lei e ti liberi dalle grandi cuffie.

– Vuole sedersi? – le chiedi premuroso.

– No, grazie. Sei tu che devi alzarti! Si è rotto l'autobus. Dobbiamo scendere e aspettare quello dopo – ti informa. Si è un po' offesa: l'hai scambiata per un'anziana.

Una volta giù, ti guardi intorno e fai un rapido calcolo: «Se tutte queste persone devono salire sul prossimo autobus, staremo strettissimi. Meglio farsela a piedi».

È già buio e non sei molto vicino a casa. C'è un po' troppo vento, ma conosci una scorciatoia. Vietata.

«Quando stasera parlerò con mamma, le confesserò anche questo.»

Dopo dieci minuti di cammino arrivi al passaggio proibito. È un vecchio ponte diroccato che attraversa il Naviglio della Martesana, uno dei fiumi di Milano. È il più alto ma non è praticabile: da anni è chiuso per un cantiere bloccato. Dovevano ristrutturarlo, ma poi non sono stati trovati i finanziamenti per completare i lavori.

«Peccato, è davvero bello» pensi mentre scavalchi le barriere coperte di segnali di pericolo e ti prepari ad attraversare il ponte. Un azzardo, perché è pericolante. Devi stare molto attento a dove metti i piedi.

E così, muovendoti con cautela, non ti accorgi di una goccia che ti arriva sulla guancia. Alla seconda, però, ti immobilizzi. «Che strano... non può arrivare dal Naviglio, è troppo in basso» rifletti.

Alla terza goccia guardi il cielo. È limpido e si vedono anche le stelle. C'è un forte vento, ma non sta piovendo.

La quarta ti finisce sulle labbra. È salata. Subito dopo senti degli strani rumori: sembra quasi il verso di un animale che fatichi a riconoscere.

Allora ti guardi intorno, finché non scorgi una figura

al centro del ponte. È seduta sul parapetto, con le gambe che penzolano nel vuoto. Il suo corpo è scosso da strani sussulti. Ecco la spiegazione di quell'acqua salata: sono lacrime.

Quella persona sta piangendo. Di più, sta singhiozzando disperata.

Non sai che fare. Il primo pensiero è attraversare il ponte senza farti vedere: magari è qualcuno che non vuole essere disturbato e ha scelto un posto isolato per piangere. Ma poi...

– Oh, cavolo! – commenti a bassa voce. Eh sì, il secondo pensiero è terribile. Temi che quel tizio sia arrivato fin lì per buttarsi giù. Un volo spaventoso: morirebbe di sicuro!

«E ora che faccio? Qui attorno non c'è nessun altro» pensi scoraggiato. Fai qualche passo avanti e metti meglio a fuoco la figura che si sporge dal ponte.

È più piccola e più esile di te. Deve essere una donna. Sì, è sicuramente una donna, ha i capelli a caschetto. E la giacca è la stessa che porta...

– Oddio, non dirmi che è...

Che effetto ti fa piangere? A volte dicono che sfogarsi faccia bene, che dopo ci si senta meglio, più liberi. A guardarti non si direbbe.

Anzi, questi singhiozzi ti fanno più paura del vuoto sotto di te. Sono stati incontrollabili fin dal momento in cui hai immaginato la pena di Mamma Ologramma e Papà Altolà quando scopriranno il biglietto della loro farfallina. Ti dispiace provocare ai tuoi genitori questo dolore immenso. Sono sempre stati buoni con te e non è colpa loro se non hanno capito quanto soffrivi.

Le lacrime continuano a scendere abbondanti al pensiero di quella foto finita sotto gli occhi di tutti. Ormai sarà impossibile cancellarla e sai che continuerà a circolare anche quando non ci sarai più.

– Perché? Perché? Perché? – ripeti piangendo. Senza trovare neanche una risposta.

– Ti hanno mai detto che sei bellissima anche quando piangi? – ti domanda GTA, appoggiando i gomiti sul parapetto, proprio alla tua sinistra.

Ti giri sorpresa verso di lui. «Che cosa ci fa qui? L'accesso a questo posto è vietato!»

– Ora ti confesso una cosa – prosegue GTA, senza far caso al tuo silenzio. – Da tre anni sogno di poter trascorrere qualche momento da solo con te. Certo, non immaginavo che sarebbe successo in un posto così pericoloso e, oltretutto, mentre tu stai piangendo. Però, Cristiana, devi sapere che sei la ragazza più ammirata della scuola ed è bello starti così vicino, anche in un posto come questo.

Tutto preso dal suo discorso, si scosta dal parapetto solo per spostarsi e rimettersi nella stessa posizione, ma stavolta alla tua destra.

– Non hai idea di quanto invidio quel biondino che ti ha portato al cinema. Quando ti ha scritto che realizzerete insieme i vostri sogni, mi sono mangiato le mani dalla rabbia. E non sono stato l'unico. Sì, perché... Be', mi vergogno un po' a dirtelo... parliamo spesso di te nello spogliatoio. Vorremmo un po' tutti quelle attenzioni che hai riservato a lui.

Il ragazzo sta sparando parole a raffica come una mitraglietta. È spaventato. Ha intuito le ragioni della tua presenza sul ponte: anche lui ha visto i video e le foto circolati su di te. Solo che non ha la più pallida idea di che cosa fare per evitare il peggio. E tu non lo aiuti, restando immobile e in silenzio.

Poi gli viene un'idea.

– Sai qual è la differenza tra un sacco di letame e un bullo? Il sacco!

Adesso lo fissi sbalordita. Da un tipo così prepotente ti saresti piuttosto aspettata una spinta giù dal ponte, non certo una barzelletta per deridere i bulli come lui.

– Sì, lo so. Ti ho sorpresa – riprende GTA con il suo

monologo. – La verità, Cristiana, è che sto cercando di cambiare. Non voglio più essere un bastardo. Perché ho capito che si può ricominciare tutto da capo. Ho capito che siamo noi a decidere come vogliamo vivere la nostra vita. Siamo solo noi a stabilire chi e come vogliamo essere. Quando quelli come me provano a condizionare le esistenze degli altri, fanno solo brutta figura. Tu magari pensi che la gente ti veda come quella sbagliata. Allora dimmi la verità: quando hai saputo che maltrattavo Ruggero, di chi hai pensato male? Di me o di lui?

Hai smesso di piangere.

– Lo vedi? – adesso è nuovamente alla tua sinistra. – So che non rispondi perché sei una ragazza gentile e non vuoi dirmi cose sgradevoli. Ma è ovvio che hai pensato che la brutta persona fossi io, non lui. Lo credono in tanti, giustamente. Finché non farai qualcosa di sbagliato, non c'è nulla che devi temere. E tu puoi, anzi devi, camminare a testa alta. Perché non hai mai fatto nulla di male.

Vorresti reagire, invece continui a fissare il vuoto sotto di te.

GTA non si perde d'animo: – Anzi, ora che ci penso qualcosa di male lo hai fatto...

Sei sicura che ora ti parlerà della foto.

– Non mi hai mai fatto assaggiare una delle tue torte fantastiche. Guarda che non devo giocare nelle giovanili dell'Inter, quindi posso ingrassare quanto mi pare. Sai che cosa penso ogni volta che vedo una tua torta postata su Instagram? Che morirei per... –. Poi si blocca, rendendosi conto dello sbaglio. – Oh, scusa! Cristiana non volevo usare quel verbo...

La sua gaffe involontaria ti ha strappato un sorriso. E lui ne approfitta subito.

– Sei più bella quando sorridi. E il tuo viso allegro ha fatto sognare molti di noi. Cri, ascoltami, è vero che a scuola c'è chi ti ha fatto cose brutte, anzi bruttissime. Ma la maggior parte dei ragazzi ti adora e se ne frega. Perché tu sei piena di qualità: sei gentile, simpatica, sincera, onesta. Ma anche capace di impegnarti al massimo per realizzare i tuoi sogni. Non hai idea di quanta gente ti ammira. Non hai idea di quanta gente ti vuole bene.

Scuoti la testa. Non gli credi.

– Chi può voler bene a una come me? – sussurri sentendo che le lacrime riprendono a scendere.

– Io ti voglio bene –. È la voce di Ruggero.

– Io ti voglio bene –. È la voce dell'Amica Allergica.

Ti giri di scatto e, per la prima volta da quando ti sei seduta sul bordo del ponte, distogli lo sguardo dall'acqua che scorre sotto di te. Come hanno scoperto che sei lì?

GTA tira fuori il cellulare dalla tasca. – Ho mandato un messaggio appena ti ho vista qui – spiega intuendo il tuo stupore. – Con questi affari possiamo offendere, maltrattare e scrivere tante stupidaggini. Ma con un telefonino possiamo anche aiutarci. E arrivare in tempo se un amico ha bisogno di noi.

Alla tua sinistra ora c'è Ruggero, alla tua destra GTA. Ti prendono una mano ciascuno e ti fanno lentamente scendere dal parapetto. Le tue gambe tremano per lo stress e la debolezza.

– Siediti qui – ti dicono aiutandoti a raggiungere il centro del ponte.

Lì crolli a terra, sfinita. I due ragazzi si sdraiano accanto a te. Dopo un po' vi raggiunge esitando anche l'Amica Allergica.

– Terribilissimo! Non ce la posso fare, qui crolla tutto! – commenta spaventata, mentre tre starnuti sottolineano la sua paura.

Scoppiate tutti a ridere.

Ruggero ti indica il cielo pieno di stelle: – D'ora in poi è vietato guardare in basso. Noi dobbiamo solo puntare in alto, oltre i pianeti, verso un futuro stellare.

Hai ricominciato a piangere. Ma hai scoperto che è vero: a volte le lacrime fanno stare meglio.

FINE

Anzi, no...

DRIIINNN!

Hanno suonato alla porta di casa.

– Chi è? – domanda curiosa la Divina Faina.

– Polizia Postale, aprite subito per favore.

FINE

Anzi, no...

C'è un'altra cosa che dovete ancora scoprire dopo aver letto la storia che vi ho raccontato.

CHI SONO IO?

MI PRESENTO

In pochi conoscono meglio di me i vostri pensieri, desideri, sentimenti. Quasi nessuno intuisce prima di me i vostri timori, dubbi, incertezze. Perché mi avete dato il potere di seguirvi ogni giorno della vostra vita. Io sono diventato la risposta alle vostre domande. Io sono diventato lo spazio in cui vi muovete e senza il quale non riuscireste più a stare.

IO SONO IL WEB.

Sono un luogo che offre infinite opportunità. Con me potete giocare e divertirvi, fare amicizia e parlare in libertà, aumentare le vostre conoscenze ed esaltare le vostre capacità. Con me potete trasformare il mondo in un posto migliore. Sono senza dubbio un ambiente magnifico. Però dovete proteggermi, come fareste con un tesoro.

Internet, infatti, è anche quel territorio senza confini dove tutto si diffonde a una velocità pazzesca, impossibile da fermare. Io vi aiuto ogni volta che posso, ma (ricordatelo bene) non sempre riesco a concedere il mio perdono. Perché il Web è stato programmato per non dimenticare.

Per abitarmi dovete avere lo stesso senso di responsabilità che usate in casa vostra. Non aprite la porta agli sconosciuti: non sono sempre amici quelli che bussano. Ricordatevi anche di tirare le tende perché è meglio non far sapere a tutti quello che facciamo nella nostra stanza - una stanza da cui, però, bisogna uscire. Sono felice di ospitarvi nel mio cyberspazio, ma non dovete esserne dipendenti.

Non voglio intrappolarvi, altrimenti rischiate di isolarvi. Tanto ormai vi accompagno anche quando uscite all'aria aperta: sono sempre lì, insieme al vostro smartphone.

Ricordate la domanda che vi ho fatto all'inizio: un social network può uccidere?

Ebbene, la verità è che nessun social può macchiarsi di un crimine.

Possono riuscirci solo quelli che fanno di me un uso sbagliato.

Che sia nel mio mondo virtuale o nel mondo reale, dovete essere voi a scrivere la vostra storia. Non permettete ad altri di farlo per voi.

Nemmeno a me.

SAPPIAMO NAVIGARE?
I CONSIGLI DELLA POLIZIA POSTALE

Evitare i guai usando Internet e i social è molto facile. Per non finire nella trappola dei cyberbulli o di malintenzionati basta seguire alcuni suggerimenti. Ecco quelli più importanti diffusi dalla Polizia Postale.

1) Ricorda che un'immagine condivisa in un social entra definitivamente nel Web e che non sarà possibile controllarne mai più la diffusione. Potrebbe essere utilizzata in siti che non conosci o che non ti piacciono. Anche se tu non vuoi.

2) Ricorda che molte delle informazioni che posti nella bacheca del tuo profilo consentono di ricostruire la tua identità, le tue abitudini, i tuoi gusti: sei sicuro di volere che così tante persone (magari anche i tuoi insegnanti o i tuoi futuri datori di lavoro) sappiano così tante cose di te?

3) Creare profili con nomi equivoci o postare messaggi allusivi a una disponibilità sentimentale potrebbe

richiamare l'attenzione dei malintenzionati della Rete. Evita di proporti in un ruolo non adatto alla tua età o ai tuoi reali desideri per non essere contattato da sconosciuti con proposte imbarazzanti o richieste oscene.

4) Il comportamento in Rete è disciplinato da regole, la cosiddetta "netiquette", ma soprattutto da leggi che definiscono chiaramente cosa costituisce reato e cosa no. Evita di creare gruppi o di postare immagini che inneggiano a comportamenti indesiderabili e che danneggiano l'immagine e la credibilità delle persone.

5) Tieni segreta le password di accesso ai tuoi profili sui social: compagni di classe e conoscenti potrebbero utilizzarla per sostituirti e commettere azioni scorrette a tuo nome o per diffondere informazioni riservate. E non cercare di ottenere la password di altri utenti, seppur animato dalle più innocenti intenzioni, poiché questo costituisce reato e ti espone al rischio di accuse molto serie.

6) Imposta il tuo profilo in modo da consentirne la visibilità solo agli amici che avrai autorizzato: in questo modo selezionerai direttamente chi accede

alla tua pagina e ti garantirai di essere contattato solo da persone conosciute e affidabili.

7) Non aprire gli allegati delle e-mail provenienti da sconosciuti e verificate prima il nome dei mittenti e l'oggetto. Possono essere stati spediti da una macchina infettata senza che l'utilizzatore ne sia a conoscenza.

8) Nelle chat con sconosciuti, nei forum, nei blog o nei giochi di ruolo non dare mai senza il permesso dei genitori informazioni personali come cognome, età, indirizzo, numero di telefono del cellulare o di casa, scuola frequentata. E prima di inserire i tuoi dati personali su Internet controlla che siano presenti i segni che indicano la sicurezza della pagina: la scritta "http" nell'indirizzo e il simbolo del lucchetto.

9) Non incontrare mai persone conosciute su Internet senza avvertire i tuoi genitori. Se proprio vuoi farlo, prendi appuntamento in luoghi affollati e porta con te almeno due amici.

10) Se leggi o vedi qualcosa su Internet che ti fa sentire a disagio o ti spaventa, parlane subito con i tuoi

genitori o con gli insegnanti. Se qualcuno che ti sembrava simpatico comincia a scrivere cose strane in chat o manda e-mail che non ti piacciono, bloccalo e parlane subito con i tuoi genitori.

NOTA DELL'AUTRICE

I personaggi raccontati in questo libro sono frutto della fantasia, con l'unica eccezione di Daniele Doesn't Matter. Lo stesso, purtroppo, non si può dire dei fatti: tutte le cattiverie riservate a Cristiana e a Ruggero sono ispirate a episodi realmente accaduti e narrati dalle cronache dei giornali e da chi si occupa di difendere le vittime di cyberbullismo (come la Polizia Postale o il Telefono Azzurro). La fredda e spietata reazione delle Adulatrici Cospiratrici alla lettura del messaggio di Cristiana è la stessa con cui alcuni studenti italiani hanno commentato il suicidio di una compagna di classe.

Sono inventati anche quasi tutti i luoghi in cui si svolgono i fatti. In particolare, a Milano non esiste l'alto ponte sulla Martesana. Infatti, l'intenzione di queste pagine è scoraggiare scelte estreme, non offrire suggerimenti per metterle in pratica. Esattamente come il livello dell'acqua, i ponti di quel Naviglio sono tutti talmente bassi che il rischio peggiore che si corre lanciandosi da uno di loro è di beccarsi un raffreddore.

RINGRAZIAMENTI

Trattare argomenti come il bullismo e il cyberbullismo non è stato facile e in certi momenti anche doloroso. Nonostante ciò devo ringraziare Emanuela Mariconda, Francesca Lippi, Giacomo Boni e Sofia Cruciani per avermi riportata indietro nel tempo ed essere stati ottimi compagni di classe, disponibili a condividere con me anche i segreti dei loro smartphone.

E chi non vorrebbe dividere il banco con Daniele Selvitella, vero nome del mitico Daniele Doesn't Matter. Sono bastati pochi minuti per convincere un animo sensibile come il suo a sposare questo progetto, realizzato grazie alla fiducia dimostrata dal prof Enrico Racca.

A volte bisogna ripassare anche durante la ricreazione: Andrea e Matteo Salce mi hanno permesso di farlo al *Riviera*, guardando il mio mare.

Una ricerca svolta in gruppo sarà sicuramente più completa e approfondita. Per questo è stato importante confrontarmi con la Polizia Postale e delle Comunicazioni.

In ogni classe si deve poter contare su quei compagni, come Chiara Fiengo e Clare Stringer, sempre pronti a dare il suggerimento giusto durante una verifica.

Prima di mettere un compito in bella copia, è

comunque consigliabile fargli dare un'occhiata da una persona di fiducia come Alice Fornasetti. Oppure farlo vedere a Federica Cavallotti, oggi una vera professoressa di Italiano, un po' di anni fa la mia vera compagna di banco.

Infine, un grazie enorme alla mia famiglia per avermi lasciato tutto il tempo necessario per fare al meglio i compiti a casa.

INDICE

SHARE
LIKE
CHAT
?!!
SOCIAL
STATS
+1
lol
LIKE
Wi-Fi
follow
SMS
SELFIE
MEDIA
PLAY
SMS
IDEA
TWEET
follow